HEYNE

Das Buch

Sardinien am Ende des vorigen Jahrhunderts: In Nuoro wird der junge Zenobi Sanna des Viehdiebstahls beschuldigt. Seine Mutter Tzia Rosina bittet den angesehenen Anwalt Bustianu um Hilfe. Bustianu verspricht, sich die Sache auf seinem täglichen Spaziergang über die Hügel der Insel, seinem »Sempre caro«, zu überlegen. Es ist eine schwierige Entscheidung, denn Zenobi ist geflüchtet. Ein Eingeständnis seiner Schuld? Der junge Mann galt als ehrlich und fleißig, darüber hinaus wusste jeder, dass er und die schöne Gutsherrentochter Sisinnia ineinander verliebt waren. Eine nicht von allen gern gesehene Verbindung, wie Bustianu bald merkt. Dann geschieht ein Mord. Da Zenobi sich immer noch versteckt hält und auch kein Alibi für die Zeit des Diebstahls vorweisen kann, fällt der Verdacht wieder auf ihn …

Ein neuer Roman über alte Traditionen, über die Frage nach Ehre und Gerechtigkeit in einem schönen, aber unnachgiebigen Land, psychologisch feinfühlig und voller Sprachmagie – *Tausend Schritte* kündigt ein großes schriftstellerisches Talent an.

»… ein großartiger Erzähler, eine gelungene Mischung aus Krimi und poetischer Schilderung des täglichen Lebens.«

La Stampa

Der Autor

Marcello Fois wurde 1960 in Nuoro auf Sardinien geboren. Der Schriftsteller und Dramatiker lebt heute in Bologna. Fois veröffentlichte acht Romane, bevor ihn die italienische Presse für *Tausend Schritte* als den neuen Star des Kriminalromans feierte. In New York wurde der Roman mit dem amerikanisch-italienischen Literaturpreis »Premio Zerilli Marimò« ausgezeichnet.

MARCELLO FOIS

TAUSEND SCHRITTE

Ein Fall für Avvocato Bustianu

Roman

Aus dem Italienischen
von Petra Kaiser und Peter Klöss

WILHELM HEYNE VERLAG
MÜNCHEN

HEYNE ALLGEMEINE REIHE
Nr. 01/12375

Titel der Originalausgabe
SEMPRE CARO

Die Übersetzungen aus Giacomo Leopardis Gedicht
»L´infinito« stammen von Burkhard Kroeber,
dem wir hiermit herzlich danken.

Die Übersetzung wurde durch ein Arbeitsstipendium
des Deutschen Übersetzerfonds gefördert.

Umwelthinweis:
Dieses Buch wurde auf
chlor- und säurefreiem Papier gedruckt

Taschenbuchausgabe 5/2002

Printed in Germany 2002
Umschlagillustration: Wilfried Becker, Bad Feilnbach
Umschlaggestaltung: Hauptmann und Kampa
Werbeagentur, CH-Zug
Druck und Bindung: Elsnerdruck, Berlin

ISBN: 3-453-19942-1

http://www.heyne.de

für Francesco Olla

Also ich, ich habe die Geschichte von meinem Vater.

Demnach machte Bustianu, wie immer nach dem Mittagessen, seinen Spaziergang auf die Hügel. Seinen *Sempre caro.*

So nannte er die paar Schritte nämlich, *Sempre caro,* nach dem Gedicht von Leopardi: *Sempre caro mi fu quest'ermo colle – Immer lieb war mir dieser einsame Hügel …* Genau genommen meinte er damit allerdings nicht den Hügel: *Sempre caro* hieß für ihn »auf der Höhe nach Abkühlung suchen«, die Aussicht genießen, die Viehherden betrachten und einmal tief durchatmen; denn wenn es bei uns heiß ist, dann ist es wirklich heiß.

… Nachdenklich habe er ausgesehen, meinte mein Vater, wie immer, wenn er einen schwierigen Fall hatte. Alles Mögliche habe man ihm nachsagen können, nur nicht, dass er seine Arbeit nicht ernst nahm. Im Schwurgericht sei er unermüdlich gewesen, und wer sich ihm anvertraute, konnte sicher sein, dass er alles tun würde, was zu tun war. Aber nicht etwa des Geldes wegen! O nein. Mein Vater erzählte, einmal habe er zu Bustianu gesagt: »Wer Geld hat, hat das Recht auf seiner Seite, Avvocato!« Da habe der ihm geradewegs in die Augen geblickt, sein typisches breites Grinsen aufgesetzt und die Achseln gezuckt. Dann, nach einer

Weile, habe er erwidert: »Zommarì«, denn mein Vater war auf den Namen Giovanni Maria getauft, »Geld schafft kein Recht!«

Kurz und gut, nicht selten verteidigte er die Leute, ohne einen Pfennig zu nehmen, was sich für ihn aber durchaus auszahlte, denn er wurde von allen respektiert. Also, hungern musste er nicht. Und dass es Leute gab, denen es schlechter ging, versteht sich ja von selbst.

Er sah besorgt aus, um seinen Fall stand es nicht gut, und sein Mandant war untergetaucht.

Der junge Mann, den er verteidigte, gehörte zur Familie der Portapanni, die auf dem Contone wohnten. Tzia Rosina, seine Mutter, verkaufte hausgemachtes Brot und Gebäck, ein Gebäck, sage ich euch, dass sie mit den Bestellungen gar nicht mehr nachkam, sogar aus Orgòsolo kamen die Leute. Und das sagt ja wohl alles!

Also, dieser Zenobi, ein Wunder von einem Jüngling, blond und mit himmelblauen Augen, hatte sich Ärger eingehandelt, weil Ende Dezember, kurz vor Neujahr, ein paar Stück Vieh verschwunden waren und es den Anschein hatte, als hätte er irgendwie damit zu tun. Ob das nun stimmte oder nicht – jedenfalls beschuldigte man ihn, die Lämmer gestohlen und auf eigene Rechnung verkauft zu haben.

Daraufhin hatte sich die Mutter der Sache angenommen, die Sonntagstracht mit Schürze und besticktem Taschentuch angezogen und war zu Bustianu gegangen.

»… Avvocato, so etwas tut mein Sohn nicht, ich kenne ihn doch! Ihr müsst seine Verteidigung übernehmen, denn auf Euch hören sie, Ihr seid doch eine einflussreiche Persönlichkeit. Sagt mir nur, was es kostet.«

»Er muss sich stellen. Solange er auf der Liste der Flüchtigen steht, wird alles nur noch schwieriger.«

»Davon will er nichts wissen, glaubt Ihr, ich hätte ihm das nicht gesagt? Natürlich habe ich ihm gesagt, dass es besser wäre, sich in die Hände der Justiz zu begeben, denn schließlich hat er nichts Schlimmes getan. Aber Ihr wisst doch auch, wie das ist: Wer bei Gericht keinen hat, der für ihn spricht …«

»Und er?«

»Er? Nichts, dass er nichts damit zu tun hat, dass irgendjemand ihm etwas anhängen will. Wenn Ihr ihn sehen könntet, Avvocato, er ist nicht wiederzuerkennen: schmutzig, abgemagert … Mein Sohn!«

»Nein, nein, nicht doch. Nehmt erst mal Platz und wischt die Tränen ab. Was habt Ihr gesagt, als die Carabinieri ihn holen kamen?«

»Dass er nicht da ist, habe ich gesagt! Was denn sonst?«

»Habt Ihr nicht gesagt, dass Euer Sohn schon zwei Tage unterwegs war, außerhalb von Nùoro?«

»Jaja, das auch.«

»Wo war er denn?«

»Außerhalb von Nùoro, Avvocato, wie soll man das so genau wissen! Gott sei Dank steht Zenobi auf eigenen Füßen. Er ist ja kein Kind mehr, Avvocato.«

»Schon gut, schon gut. Aber wenn ich ihn verteidigen soll, dann kommen wir so nicht weiter ... Jetzt macht Ihr es Euch erst mal hübsch bequem, nehmt Euch ein paar Minuten Zeit zum Nachdenken, und dann erzählt Ihr mir alles haarklein, von Anfang bis Ende.«

Da saß sie nun, in ihrem Sonntagsstaat. Wie ein Häufchen Elend. In jener Nacht Ende Dezember, erzählte sie, als Brigadiere Arturo Poli, der aufgrund der Abwesenheit des Vorgesetzten (Ursache: Versetzung) vorübergehend Kommandant des hiesigen Postens der Königlichen Carabinieri war, an der Tür ihrer Hütte vorstellig geworden war, sei ihr Leben mit einem Schlag zu Ende gewesen. »Ihr seht eine Tote vor Euch, Avvocato!« sagte Tzia Rosina. Dann weinte sie still vor sich hin, in ein kleines, blütenweißes Taschentuch, das sie aus dem Ärmel ihrer schwarzen Bluse hervorzog. Ein wahrer Engel sei ihr Sohn. Mehr brachte sie nicht hervor. Etwas Schlechtes zu tun, dazu wäre er gar nicht fähig. Jahrelang habe er im Dienst der Herrschaft gestanden, die sich nie beklagt, ihn vielmehr wie einen Sohn geliebt habe.

Tatsächlich hatten Bartolomeo und Cosma Casùla Pes in ihrer Aussage voll und ganz bestätigt, dass sie Zenobi immer sehr geschätzt hatten. Um so tiefer saß die Kränkung, dass ihnen ein derartiges Unrecht – neun Lämmer zu stehlen und als Neujahrsbraten zu verkaufen – ausgerechnet von dem Knecht angetan worden war, der ihr besonderes Vertrauen genoss, der in ihrem Haus aus- und einging, sich zu essen nahm, wenn er Hunger hatte, der nicht einmal fragen musste: Darf ich, ist es erlaubt, und derlei Dinge mehr …

Und dann war da noch die Sache mit Sisinnia, denn dass die beiden jungen Leute sich mochten, das wusste doch jeder. Gott, er war ja schon schön, aber sie erst! Ein engelhaftes Wesen, zierlich und zerbrechlich wie Porzellan. Offenbar war auch Cosma Casùla Pes, der Vater, gar nicht einmal unglücklich über diese Zuneigung, obwohl Sisinnia erst siebzehn war und Zenobi schon vierundzwanzig. Aber so ein Unterschied spielt keine Rolle, im Gegenteil, wenn der Mann ein wenig älter ist … das ist sogar besser. Nichts Offizielles natürlich, Gott bewahre! Wo sie ihn nicht einmal ansehen durfte, so sehr wurde sie dauernd überwacht.

Sisinnia hatte grüne Augen und pechschwarzes Haar. An Verehrern mangelte es ihr nicht, und auch nicht an vorteilhaften Anträgen. Beispielsweise von einem vermögenden Herrn aus Orgòsolo. Einem, der gar nicht wusste, wieviel er besaß, und der, gerade erst verwitwet, noch während der Trauerzeit bei den Casùla Pes vorstellig geworden war, um einen Heiratsantrag zu machen. Die Sache war jedoch gescheitert, denn der Mann aus Orgòsolo war nicht mehr der Jüngste; deshalb hatte Sisinnia nichts davon wissen wollen und gesagt: »Nur über meine Leiche!«

Der Vater konnte ihr nichts abschlagen. Vermutlich war das auch der Grund, warum er kein Wort darüber verlor, dass Zenobi seiner Tochter gefiel. Wo doch bei uns ein allzu schöner Mann nicht gern gesehen ist, während die Frau nie schön genug sein kann. Gewiss wäre da etwas zu machen gewesen, wenn Zenobi es nur richtig angestellt hätte. Hätte er mit ihrem Vater gesprochen, um Erlaubnis für ein Treffen gebeten, sie dann regelmäßig gesehen – niemals allein, versteht sich –, vielleicht wäre am Ende sogar eine richtige Verlobung zustande gekommen.

Doch dann nahm das Unheil seinen Lauf, und das verstehe, wer will.

Wie auch immer, Schande auf sich zu laden wegen ein paar Lämmern ... Das war nicht Zenobis Art. Das wusste jeder. Irgendjemand wollte ihn aus dem Weg haben. Wer weiß, vielleicht hatte ein anderer ein Auge auf die bildschöne Sisinnia geworfen.

Vielleicht steckte aber auch ihre Mutter dahinter, Dolores Casùla Pes, die von dieser Heirat nichts, aber auch gar nichts wissen wollte.

Als wenn die vor ihrer Ehe etwas Besseres gewesen wäre: Ihre Mutter war bei den Siotto in Stellung gewesen, eine Magd, mehr nicht. Und die Aussteuer hat ihr Donna Luigia Siotto persönlich gemacht, sonst hätte sie rein gar nichts besessen, nicht einmal Tränen zum Weinen. Zumal ihr Vater in Afrika umgekommen war. Es war wirklich nicht so, als wenn sich Dolores Casùla Pes, die damals mit Nachnamen Bussu hieß, auf ihre Herkunft Gott weiß was hätte einbilden können …

»Einer muss doch den armen Leuten helfen, Avvocato. Wir haben nicht viel, aber das bisschen, das wir haben, gehört Euch. Wenn nur alles wieder in Ordnung kommt. Diese unselige Sache muss ein Ende haben.«

»Ich muss unbedingt mit ihm sprechen. Wie soll ich sonst etwas unternehmen?«

»Aber wo er doch keinem traut. Selbst mir sagt er nicht, wann er kommt. Avvocato, ich werde ihn alles fragen, was Ihr wissen wollt. Ihr werdet sehen, mit der Zeit werde ich ihn schon überreden, dass er sich mit Euch trifft …«

… Seit der Geschichte mit den Lämmern sei Zenobi immer rastlos gewesen, sagte Tzia Rosina, und habe keinen Frieden mehr gefunden. Außerdem habe es ihn sehr verletzt, dass alle ihn für schuldig hielten. Kurz bevor er den Entschluss fasste, zu verschwinden, hatte er noch zu seiner Mutter gesagt: »Das Problem liegt ganz woanders!« Tatsächlich war es auch für mich schwierig, den Ablauf der Ereignisse nachzuvollziehen.

Sechs Jahre hatte Zenobi ohne Unterbrechung bei den Casùla Pes in Diensten gestanden. Während dieser Zeit scheint sein Betragen so mustergültig gewesen zu sein, dass die Herrschaft ihn zwei Jahre vor der Schandtat sogar damit beauftragte, in ihrem Namen einige Schafe zu verkaufen. Das Geschäft war so erfolgreich, dass Zenobi danach neben der Herde der Herrschaft zehn eigene Schafe auf die Weide führen konnte. Ende September begleitete er Herrin und Tochter zur Novene des heiligen Franziskus nach Lula, kümmerte sich um die Vorräte für den neuntägigen Aufenthalt in den Pilgerunterkünften und ritt jeden zweiten Tag vier, fünf Stunden hin und noch einmal so lange zurück, um den Nachschub zu bringen.

Wahrscheinlich war diese Zeit für die ganze Geschichte entscheidend. Ich sehe es förmlich vor mir, wie Sisinnia und Zenobi sich während der ganzen Reise verstohlen beobachten. Er zu Pferde, barhäuptig, mit blauer Jacke, unter der das Hemd hervorschaut. Sie in Weiß, wie zur Hochzeit, mit gesenktem Kopf, durch das Geholpere des Ochsenkarrens ebenso erschüttert wie durch Zenobis blonden Haarschopf, der ihm im Rhythmus des Galopps in die Stirn fällt. Und *Donna* Dolores, die grübelt derweil, denn dumm ist sie nicht …

»Ich muss darüber nachdenken. Das müsst Ihr verstehen, schließlich schickt Ihr mich mit Fesseln an den Füßen ins Rennen. Und außerdem, liebe Tzia, habt Ihr sieben Monate verstreichen lassen, bis Ihr Euch gerührt habt!«

»Es schien doch alles in Ordnung, Avvocato,

alles in Ordnung. Anfangs hieß es doch noch, mit einer Geldbuße wäre alles geregelt! Aber Zenobi wollte ja nichts davon wissen!«

»Ich muss darüber nachdenken. Kommt heute Nachmittag wieder, dann werden wir sehen.«

»Nach dem Essen, Avvocato?«

»Nein, später, gegen fünf, wenn es Euch nichts ausmacht, nach dem Mittagessen werde ich ein paar Schritte gehen, um in Ruhe nachzudenken.«

»Gott möge Euch erleuchten, also dann um fünf?«

»Ja, um fünf, um fünf würde es mir passen …«

So hatte er sich nach dem Mittagessen auf den Weg nach Biscollai gemacht, das damals ein gutes Stück außerhalb lag. Was die Uhrzeit betrifft, so ist gesichert, dass es noch nicht eins war, dafür gibt es Zeugen. Denn Tzia Nevina, die gerade Wäsche aufhängte, als Bustianu vorbeikam, hatte ihn respektvoll gegrüßt, und, weil sie ein wenig klatschsüchtig war, sogar angesprochen: »Was denn, Avvocato, um diese Zeit unterwegs?«

Es war nämlich heiß, so heiß, meinte mein Vater, dass ein Christenmensch geröstet wurde, wenn er sich auf die Straße wagte. Damit erklärte sich auch die besorgte Nachfrage von Tzia Nevina, denn seinen Angelegenheiten sollte er bitte schön nachgehen, wie es ihm gefiel. Doch Bustianu, der meinem Vater zufolge ein grundanständiger Mensch war, wie es nur wenige gab, habe sich nur wie zum Gruß an die Krempe des weißen Hutes gefasst und sei, ohne Erklärungen abzugeben, seiner Wege gegangen.

Was den Ort betrifft, davon wusste mein Vater. Just an jenem Morgen war er Bustianu vor dem Gerichtsgebäude begegnet und hatte ihn wegen einiger geplatzter Wechsel, von denen einer seiner Vettern behauptete, sie seien bezahlt, das Gericht hingegen meinte, sie seien es nicht, um juristischen Rat gebeten. Bustianu hatte erwidert, er müsse sich erst kundig machen, da dies eine zivilrechtliche Angelegenheit, er hingegen Strafverteidiger sei. Mein Vater möge am nächsten Tag wieder kommen. Früher gehe es nicht, weil er am Nachmittag beschäftigt sei. Er werde nach Biscollai gehen, er müsse eine wichtige Entscheidung treffen. Darauf hatte mein Vater ihn gebeten, er möge ihm sagen, wann er am nächsten Tag Zeit habe, nach dem Mittagessen vielleicht, und Bustianu habe ihm sogleich erwidert, dass es nach dem Mittagessen schwierig sei, weil er dann seinen Spaziergang mache, seinen *Sempre caro*.

Wie heißt es doch so schön, ist der Weg kurz, geht man zu Fuß, ist er aber lang, sollte man wenigstens ein Stück mit dem Pferd zurücklegen – damals gab es noch keine Autos –, denn ein paar Schritte tun, das kann man immer noch, wenn man am Ziel ist, an Platz mangelt es nicht.

Aber an jenem Nachmittag hatte Bustianu das Pferd im Stall gelassen. Sonst wäre es doch kein besonderer Ausflug gewesen. Korrigiert mich, wenn ich mich irre!

Trotz der mörderischen Hitze machte er sich also

auf den Weg, wie jeden Tag nach dem Mittagessen. Das allein war noch nichts Besonderes, denn dass er diese Angewohnheit hatte, wussten alle, auch Tzia Nevina, nichts Überraschendes also. Allerdings, das muss man hinzufügen, führte ihn sein *Sempre caro* gewöhnlich nach Sant'Onofrio, und wenn man nach Sant'Onofrio wollte, kam man bestimmt nicht am Haus von Tzia Nevina vorbei … Nun ja, eine Erklärung hatte die Alte schon parat, obwohl, Gott behüte, das war nun wirklich seine Sache …

Ich ging einfach meiner Wege, scheinbar ziellos. Nur um mir die Beine zu vertreten. Ich mochte es, wenn die Sonne senkrecht stand, wenn selbst die Hunde sich im Hof ein kühles Plätzchen im Schatten suchten und keine Menschenseele unterwegs war. Als wäre es nicht drei Uhr nachmittags, sondern drei Uhr nachts. Bis auf das Licht. Ein grausames, unerbittliches Licht, das mit sicherer Hand meinen Schatten aufs Pflaster zeichnete, wie mit pechschwarzer Tinte. Ich mochte auch den Duft der dürren Landschaft, es roch nach Korkeichen, Steckenkraut und Mastixbaum.

Es lohnte, die Hitze zu ertragen, sage ich euch. Um so mehr, als ich zuerst bergab und dann bergauf ging, ins Frische, als riefe mich die Luft auf dem Gipfel, wo es kühler zu sein versprach. Und wirklich, hinter Istritta, gleich nach der Eisernen Brücke, wurde der Himmel, der über den flimmernden Häusern an der Via Majore und in Seuna noch ganz weiß gewesen war, allmählich immer blauer.

Von Wolken keine Spur: Es war dermaßen trocken, dass die Blätter der Zistrosen Öl ausschwitzten; gleich hinter der Ortschaft war der Boden so trocken, dass man Disteln und Gestrüpp knistern hörte. Selbst den Käse konnte man abschreiben, er schwitzte, wurde sauer und platzte auf. Und Ricotta konnte man nicht machen, weil er sofort verdarb. Kurz und gut, eine Höllenhitze. Nicht, dass der Rest des Jahres, stürmischer Herbst, eiskalter Winter und verhagelter Frühling, besser gewesen wäre: die Beeren der Myrten, die eigentlich prall und glänzend wie Mistkäfer hätten sein sollen, hingen verschrumpelt am Strauch. Schon die Olivenernte war kümmerlich ausgefallen; die Oliven waren klein und schwarz wie Schafskötel, bitter wie Galle, so dass man sich das Einlegen auch hätte sparen können. Und nun dieses Inferno. Die Abwässer verpesteten die stehende Luft, überall lagen Kadaver von Katzen, Hunden, Raben und Krähen, die von grünen Fliegen nur so wimmelten. Nur der Wäsche bekam die Hitze gut: sie wurde in großen Kesseln mit Soda und Asche gekocht, in den Höfen zum Trocknen aufgehängt und von der Sonne gebleicht, dass sie weiß wurde wie Kalk … Vorausgesetzt, man ergatterte genug Wasser zum Ausspülen, denn der Bach am Waschhaus war zu einem Rinnsal geworden, wie die Schleimspur einer Schnecke.

Aus manchen Höfen kam ein stechender Geruch, eine Mischung aus Süß und Scharf, es stank nach altem, getrocknetem Kümmelfleisch oder

Würsten aus Innereien von Lamm, Kalb, Schaf, Zicklein, die über die Hundstage zu ranzigem Brei geworden waren. Aus den Backhäusern, die mit einer dicken Rußschicht überzogen waren, stiegen Schwaden von schmierigem Rauch auf.

Ein ganz gewöhnlicher Nachmittag also; kein bisschen anders als vergangene und zukünftige Sommernachmittage auf diesem Fleckchen Erde, das als Hochebene bezeichnet wird, wo es doch eine Mulde ist, auf deren Grund sechs oder siebentausend Seelen wohnen, mit Kathedrale und Gerichtsgebäude, die fast aneinander stoßen.

Eine Mulde mit den schönsten Rändern, die man sich vorstellen kann, mit Felsen und üppigem Moos, stachelig und kraus wie ein Äthiopierbärtchen. Mit Eichen und Wacholder und Erdbeerbäumen. Mit wildem Fenchel und Zichorie, mit Steckenkraut und Disteln. Silbrig und ockerfarben, grün in allen Schattierungen.

Ein Genuss für die Augen, für Nase, Brust und Ohren.

Ich weiß nicht mehr, warum ich an jenem Nachmittag einen anderen Weg einschlug als gewöhnlich. Ich weiß nur, dass es mich wieder einmal zu dieser Schönheit zog und ich der Schwüle entfliehen wollte.

Weg von dieser vollkommenen, katatonischen Stille. Weg von dem glühend heißen Plateau mit seinen Granitplatten und dem rostfarbenen Staub, der die Luft verpestete; hin zum göttlichen Farbenspiel, zum unermüdlichen Sägen der Zikaden, zu den Windböen, die über die Vegetation strichen.

Vielleicht fühlte ich mich an jenem Nachmittag stark genug, verrückt genug, um statt eines Spaziergangs eine Reise zu machen. Denn in Anbetracht meiner Leibesfülle, in Anbetracht der Hitze, in Anbetracht der Tatsache, dass ich das Pferd nicht genommen hatte, war das hier tatsächlich eine Reise.

Vielleicht hatte ich einfach das Bedürfnis, mir Zeit zu nehmen, Abstand zu gewinnen, dem Alltag zu entfliehen.

Ich spürte, dass ich vor einer wichtigen Entscheidung stand, obwohl nichts darauf hindeutete, dass dieser Fall sich von all den anderen unterscheiden würde.

Deshalb sagte ich zu mir selbst: Heute mache ich es mal anders, heute gehe ich nach Biscollai.

Ich war schon immer jemand, der gern Selbstgespräche führt. Jawohl. Obwohl das manchmal nicht gut ist. Dann sage ich mir: »Bustianu, hör auf damit! Also, jetzt übertreibst du aber«, und wiederhole, was meine Mutter immer zu mir gesagt hat: »Wenn du dir nicht selbst im Weg stehen würdest, hättest du keine Feinde, mein Sohn!« Tja, das stimmte wohl. Also, sie meinte, ich sei zu streng, hätte zu hohe Ansprüche. Und seltsame Gewohnheiten. Wie die, nach dem Mittagessen einen Spaziergang zu machen. Sommers wie winters. Bei Sonnenschein und Schneetreiben. Wie es bei den Deutschen heißt: Nach dem Essen sollst du ruhn oder tausend Schritte tun. Ich entschied mich für die tausend Schritte. Ich zog Gamaschen an, setzte einen Hut auf und nahm einen schönen glatten

Stock mit, weiß wie ein Knochen, denn ohne Stock wäre es doch zu anstrengend gewesen. Und außerdem fand ich, dass dieses Land, mein Land, nach einer Art – wie soll man sagen? – rituellem Wanderer verlangte. Einem alten Eremiten, der wacklig auf den Beinen steht, einem blinden Dichter, der mit dem Stock die Luft aufwirbelt …

Ich werde euch ein Geheimnis anvertrauen: Ich ließ mich vom Geruch leiten. Fast nur vom Geruch, denn der Blick hatte Mühe, sich durch die zum Schutz vor dem Licht halb geschlossenen Lider einen Weg zu bahnen. Und was die Lider nicht schafften, das besorgte die weiche Krempe meines Hutes, weiß im Sommer, dunkel im Winter, bis zur Nase heruntergezogen. Wie ein Maulwurf im Freien, der sein Revier beschnuppert. Ein alter Esel, der aus Gewohnheit weitergeht, ohne sich Fragen zu stellen. Während ich so einen Fuß vor den anderen setzte, mich dabei auf den Stock stützte, der mir stets wenigstens einen Schritt voraus war, hörte das Grübeln in meinem Kopf endlich auf. Und das war es vielleicht, was zählte, das wahre Geheimnis.

Er übernahm also seine Verteidigung, aber der Fall war alles andere als einfach. Zumal Zenobi bereits am Anfang, vor etlichen Monaten, als alles schon geregelt schien, untergetaucht war. Unmöglich. Wie konnte er nur. Das musste ja wie ein Schuldbekenntnis aussehen.

Wo sie sich doch fast schon einig waren, die

Casùla Pes und Zenobi Sanna, der zunächst willig schien. Zenobi sollte die verschwundenen Lämmer ersetzen und dazu noch einhundert Lire Strafe zahlen, was heute nicht der Rede wert ist, damals allerdings ein hübsches Sümmchen war! Zumal die Lämmer gerade mal zwanzig Lire wert waren.

Die Sache schien abgemacht. Alles wieder im Lot. Hätte Zenobi gezahlt, wäre ihm sogar das Gefängnis erspart geblieben …

»Es ging doch nicht ums Geld, Avvocato … Denn Gott sei Dank haben wir ein bisschen zur Seite gelegt, es ging nicht um die hundert Lire.«

»Worum denn?«

»Das wisst Ihr doch selbst. Wenn er gezahlt hätte, hätte er zugegeben, dass er den Schaden verursacht hat.«

»Da geht er also lieber ins Gefängnis! Ihr habt den Teufel mit dem Beelzebub ausgetrieben, ist Euch das eigentlich klar?«

»Vielleicht wäre das Gefängnis wirklich besser gewesen. Denn selbst wenn er bezahlt hätte, wäre er trotzdem der Gestrafte gewesen. Niemand hätte ihm mehr Arbeit gegeben. Und außerdem …«

»Und außerdem?«

»Und außerdem, na ihr wisst schon …«

»Sisinnia?«

»Ja, Sisinnia. Darum ging es doch, sie wollten die beiden auseinander bringen. Offenbar war mein Sohn für eine Casùla Pes nicht gut genug, das war es! Wo sich doch alle die Finger nach ihm lecken. Nur darum haben sie mir den Sohn zugrunde gerichtet, Avvocato!«

»Aber warum habt Ihr das nicht gleich gesagt?«

»Weil Sisinnia da nicht mit hineingezogen werden sollte! Jedenfalls war Zenobi in der Nacht des Diebstahls gar nicht in Nùoro. Lämmer hat er keine genommen.«

»Ja, aber wenn er, wie Ihr sagt, gar nicht in Nùoro war, wo war er dann?«

»Woher soll ich das wissen?«

»So kommen wir nicht weiter. Ihr müsst mir schon vertrauen, wie soll ich denn sonst etwas tun?«

»Avvocato, bei der Seele meines Mannes, sie ruhe in Frieden, ich weiß es nicht. Er ist jung, er steht in der Blüte seiner Jahre …«

»Aber warum seid Ihr so sicher?«

»Er ist mein Sohn. Ich kenne ihn in- und auswendig. Wenn ich über ihn rede, ist es, als wenn ich über mich selbst reden würde. Er hat mir gesagt, dass er nicht in Nùoro war. Wie auch immer, das hier habe ich in seinem Beutel gefunden, als ich ihm frisches Brot hineinstecken wollte.«

»Was ist das?«

»Wie soll ich das wissen? Deshalb habe ich es doch mitgebracht … Ich kann nicht lesen.«

Ein Vordruck. Eine Quittung.

BACHISIO LECCIS

Ambulanter Photograph

Wirklichkeitsgetreue Porträtaufnahmen zu günstigen Preisen!

Lieferung frei Haus in dreißig Tagen

Photoatelier Via della Pietà 36 – Ozieri (Provinz Sassari).

FÜNF LIRE

Auf der Rückseite waren mit Bleistift die Buchstaben AQB und die Zahl 29 geschrieben. Immerhin etwas. Vielleicht kam ja nichts dabei heraus, aber eine Überprüfung konnte nicht schaden. Ich wandte mich an Brigadiere Poli, der ein achtbarer, respektabler Mann war. Er teilte mir mit, dass die Existenz der Aufnahme nicht aktenkundig, für das laufende Verfahren seines Erachtens aber auch unerheblich sei. Ich war mir da nicht so sicher. Vielleicht ließ sich mithilfe des Photos beweisen, dass Zenobi in der Nacht des Diebstahls gar nicht in Nùoro war. Um in Erfahrung zu bringen, ob der Photograph bis zu uns gekommen war, bat ich, die Gewerbescheine für den Monat Dezember zu überprüfen. »Was für Gewerbescheine?« fragte der Brigadiere und grinste spöttisch.

O weh! Das leidige Thema Genehmigungen! Was das angeht, ist alles beim alten, leider. Jeder macht, was ihm in den Kram passt. Wenn nicht Schlimmeres. Selbst für den Bau eines Hauses beantragt kein Mensch eine Genehmigung. Und da soll einer, der sich mit ein paar Photos durchs Leben schlägt, dafür einen Gewerbeschein beantragen? Es hat sich wirklich nichts geändert, sage ich euch. Kein Wunder, dass der Brigadiere lachen musste. Jedenfalls war er ziemlich sicher, dass im fraglichen Zeitraum kein ambulanter Photograph durch Nùoro gekommen war.

Aber so leicht gab Bustianu sich nicht geschlagen. Wenn eine Photographie existierte, dann wollte er sie sehen! Und das genaue Datum wollte er auch wissen, schon aus Prinzip. Denn Tzia Rosina, der glaubte er unbesehen, erinnerte sie ihn doch stark an seine eigene Mutter. Wie das Schicksal so spielt. Wäre da nicht diese Ähnlichkeit gewesen, hätte er sich womöglich gar nicht so in die Sache verbissen.

… Und überhaupt, die Geschichte leuchtete mir nicht ein. Ich konnte mir einfach keinen Reim darauf machen. Zenobi hatte es doch gar nicht nötig, die Schafe zu stehlen. Erstens. Ein klein wenig Geduld und bestimmt hätte er Sisinnia heiraten können. Zweitens. Er war auf dem besten Weg in eine sorglose Zukunft. Drittens. Er war anständig, bescheiden, beliebt. Viertens. Da verschwindet er eines Abends plötzlich – ? – aus Nùoro und niemand weiß wohin. Fünftens. In der darauf folgenden Nacht werden auf dem Hof der Casùla Pes in Marreri neun Lämmer von der Weide gestohlen. Sechstens. Lämmer für neunzehn oder zwanzig Lire höchstens. Siebtens. Und nur neun von hundertfünfzig. Achtens. Noch in derselben Nacht werden die Carabinieri bei Tzia Rosina vorstellig und wollen den Sohn sprechen. Neuntens. Zenobi sei nicht da, sagt sie, er sei schon tags zuvor fortgegangen, aber wohin, das wisse sie nicht. Zehntens.

Soweit alles in Ordnung, eigentlich nichts Besonderes, alles ganz normal. Nur, warum war Zenobi dann untergetaucht? Damit lief er doch Gefahr, in Abwesenheit verurteilt zu werden. Denn wer nicht vor Gericht erscheint, der beschwört seine Verurteilung geradezu herauf. Na, und wenn einer auch noch untertaucht, das ist beinahe so, als würde er alles zugeben. Und die Casùla Pes, die würden am Ende wie Heilige dastehen, weil sie sich gütlich einigen wollten; trotz der Kränkung durch den Knecht, dem sie am meisten vertraut hatten. Eine mustergültige Verurteilung gäbe das. Wenn Zenobi sich nicht freiwillig stellte.

»Ich muss mit ihm sprechen! Sonst sind mir die Hände gebunden und die Verhandlung können wir uns sparen. Versteht Ihr das?«

Tzia Rosina senkte den Kopf. Natürlich verstand sie, sie verstand nur zu gut. Aber Zenobi, der ließ sich doch nichts sagen, was der sich vornahm, das machte er auch. Da konnte man reden, soviel man wollte. Das war schon immer so. Kein Wunder, schließlich war er ohne Vater aufgewachsen. Und Väter wissen immer, was zu tun ist und wann.

»Ihr müsst ihn dazu bringen, dass er sich mit mir trifft. Wo immer er will, Hauptsache bald. Wir haben nämlich nicht mehr viel Zeit.«

Da seufzte Tzia Rosina, sie wisse doch gar nicht, wann er sich wieder blicken lasse, er komme doch nur nachts, ohne Vorankündigung. Diese Sache werde ihr noch das Herz brechen. Seitdem das Unglück geschehen sei, tue sie kein Auge mehr zu. Ihr Sohn habe Angst und traue niemandem mehr. Schließlich seien die Casùla Pes mächtige Leute.

»Ich bin an das Anwaltsgeheimnis gebunden, versteht Ihr? Selbst wenn ich wollte, ich darf nicht gegen die Interessen eines Mandanten handeln, versteht Ihr? Sagt ihm das! Ich muss mit ihm sprechen, wann er will und wo er will!«

Da drückte sie die Nase in das Taschentuch, das inzwischen hoffnungslos zerknüllt war. Natürlich werde sie es ihm ausrichten, sobald wie möglich, aber versprechen könne sie nichts. Schließlich kenne sie ihren Zenobi.

Eine Woche vor der Verhandlung sagte Bustianu, er wolle nach Ozieri fahren, um einen Freund zu besuchen. Er nahm den Zug, der um sieben Uhr fünfunddreißig in Nùoro abfuhr und in Tirso, mitten auf dem Land, eine halbe Stunde Aufenthalt hatte. Von neun Uhr neunzehn bis neun Uhr fünfzig. Wenn alles gut ging, erreichte man Ozieri um halb drei. Der Nachmittag war also schon fortgeschritten, als er endlich ankam. Aber die Reise wurde ein Fiasko. Um es kurz zu machen: der Photograph war tot, umgekommen bei einem Brand, der zwei Tage zuvor das ganze Photoatelier zerstört hatte.

Der zuständige Carabiniere in Ozieri war Maresciallo Tuvoni, ein kleines, rundliches Männlein mit gezwirbeltem Schnurrbart. Für ihn hatte der Fall offenbar Vor- und Familienname: Zenobi Sanna, flüchtig.

Bustianu traf fast der Schlag. Er beschloss, mit dem Maresciallo zu sprechen. Dieser empfing ihn mit Misstrauen.

Als ich sein Büro in der Kaserne betrat, behandelte mich der Maresciallo wie einen Verdächtigen, der verhört werden soll. Es könne ja wohl kein Zufall sein, bemerkte er spöttisch, dass ich genau zum richtigen Zeitpunkt nach Ozieri gekommen sei. Ich tat unschuldig und schob persönliche Gründe für meine Anwesenheit vor. Doch in seinen schwarzen Äuglein lag unverhohlene Skepsis. Ich bat um Aufklärung über das Vorgefallene. Aber mehr, als ich schon wusste, war von ihm nicht zu erfahren. Zwei Abende zuvor war das Photoatelier Leccis samt Besitzer abgebrannt. Die verkohlten Überreste deuteten darauf hin, dass Leccis von den Flammen überrascht worden war, als er gerade in der Dunkelkammer arbeitete. Nichts war der Zerstörung entgangen, kein Auftragsbuch, keine Photoplatte und kein Abholschein. Wer den Brand gelegt hatte, wollte einen unbequemen Zeugen loswerden. Aber Zeuge wofür?

»Wie ich höre, schreiben Sie in der Zeitung ja viel Gutes über diese Verbrecher. Vielleicht überlegen Sie mal, dass wir schon genügend Schwierigkeiten haben, mit diesen Halunken fertig zu werden – auch ohne eure Legenden.« Bustianu sagte nichts, auf dieses Thema wollte er sich nicht einlassen. Maresciallo Tuvoni schwieg eine Weile, bevor er fortfuhr. »Kein Wunder, dass die Bevölkerung nicht mitarbeitet, wenn selbst aufgeklärte Geister, Dichter, Schriftsteller und Vertreter der Justiz die Heldentaten von Subjekten beweihräuchern, die sich bewusst gegen den Staat stellen. Gegen die Verfassungsordnung.« Wieder Schweigen. Bustianu war aufgefallen, mit welchem Pathos er die Wörter Staat und Verfassungsordnung aussprach. »Wenn schon die besten Köpfe, die für unsere Region maßgebenden Kreise nicht zur Zusammenarbeit bereit sind, wie soll man dann von den Ungebildeten, den Analphabeten erwarten, dass sie mit uns zusammenarbeiten?« Sieh an, er war gebildet, der Maresciallo. »Aber, wie pflegt ihr zu sagen? Alle Macht dem … Proletariat.«

»Brot für alle! Das ist unsere Parole!« platzte Bustianu heraus. »Ein paar Krümel für die, die das Brot machen, darum geht es! Aber wir sind ja nicht hier, um über Politik zu diskutieren. Ich bin hier in meiner Eigenschaft als Anwalt, um zu erfahren, was meinem Mandanten vorgeworfen wird.«

»Brandstiftung und vorsätzlicher Mord sowie Viehdiebstahl und Unterschlagung ... Soll ich fortfahren?« entgegnete der Maresciallo ungerührt.

»Ich sehe keine Verbindung zwischen diesem Leccis und meinem Mandanten«, warf Bustianu scheinheilig ein.

Der Maresciallo lächelte nachsichtig. Seelenruhig blätterte er in seinen Papieren auf dem Schreibtisch. »Ich habe hier einen Bericht aus Nùoro, verfasst von Brigadiere Poli. Darin ist von einer Verbindung zwischen Ihrem Mandanten und dem Photographen die Rede, die ich als äußerst eng bezeichnen würde.«

Bustianu biss sich auf die Zunge. Er selbst hatte den Brigadiere darauf gebracht! »Aber dann«, sagte er, als ließe ihn das völlig kalt, »wäre ja jeder verdächtig, der sich von Leccis hat photographieren lassen. Jeder könnte etwas zu verbergen haben.«

»Wie wahr, Avvocato, wie wahr! Nirgendwo auf der Welt hat man mehr zu verbergen als hier!«

»Indizien sind keine Beweise«, fuhr Bustianu fort, wobei er auf eine Zigarre deutete und um Raucherlaubnis bat.

»Im Gerichtssaal vielleicht, Avvocato«, scherzte Maresciallo Tuvoni und gab ihm durch Kopfnicken sein Einverständnis. »Aber wir sind nur einfache Arbeiter, wir machen die Drecksarbeit, Avvocato, außerhalb des Gerichtssaales, bei Hitze und Kälte, zu jeder Tages- und Nachtzeit, für Spitzfindigkeiten bleibt da keine Zeit.«

Bustianu war es langsam leid. Um seinem Ärger Luft zu machen, stieß er geräuschvoll den Rauch durch die Nase. »Hier geht es nicht um Spitzfindigkeiten. Nicht in diesem Fall. Auch wenn man von denen, die für Recht und Ordnung zuständig sind, wohl erwarten darf, dass sie den Details eine gewisse Beachtung schenken.«

»Ach ja?« Diesmal war der Maresciallo kurz davor, die Fassung zu verlieren. »Damit ihr alles zunichte machen könnt, damit ihr die Verbrecher zu Helden macht und ungeschoren nach Hause schickt! Ich möchte Sie mal sehen, wenn Sie wie die Ziegen in den Bergen herumklettern müssten, wo man sich den Hals bricht, wenn Sie jede Höhle, jede Schlucht absuchen müssten. Dann wären Sie auch nicht mehr so pingelig!«

»Das sind doch Gemeinplätze, Maresciallo. Ich darf wohl daraus schließen, dass Sie gegen meinen Mandanten nichts in der Hand haben.«

Der Maresciallo war jetzt puterrot. »Und das nennen Sie Zivilisation? Dass ich nicht lache!« polterte er. »Wie können wir erwarten, als Teil der menschlichen Gemeinschaft anerkannt zu werden, wenn all die harte Arbeit, die wir Tag für Tag tun müssen, im Gerichtssaal zunichte gemacht wird?«

»Da seid ihr nicht die Einzigen, Maresciallo, Konnivenz gibt es überall, unter Bürgermeistern, Pfarrern, Amtsträgern, ja sogar Offizieren: Wenn es um den Dienst an jener Dame mit den verbundenen Augen und der Waage geht, sind wir Anwälte auch nur Opfer, wie ihr. Außerdem müssen wir gegen Vorurteile kämpfen, gegen Urteile, die schon feststehen, bevor es überhaupt zu einem Verfahren kommt, gegen die Manie, erst zu schießen und dann zu urteilen, gegen die gefährliche Angewohnheit, alles über einen Kamm zu scheren. Ich fürchte, das ist es viel eher, was uns von der – wie Sie sagen – menschlichen Gemeinschaft trennt. Aber es ist schon spät, ich glaube, ich habe Ihnen schon genug Zeit gestohlen«, schloss Bustianu und stand auf. Er war müde und frustriert.

Er war schon fast an der Tür, da rief der Maresciallo ihn zurück. »Auf die Ergreifung Ihres Mandanten ist eine Belohnung von zweitausend Lire ausgesetzt worden«, teilte er Bustianu mit, als der schon die Klinke in der Hand hatte.

Jetzt war er also ein Gesetzloser, eine blutrünstige Bestie für jedermann. Zenobi Sanna gehörte nun zu denen, bei denen alte Frauen sich bekreuzigen.

Was für Zeiten! Und da reden manche von einem *Sardischen Athen*. Wilder Westen wäre angebrachter gewesen! Man konnte gar nicht schnell genug den Kopf einziehen, schon pfiffen einem die Kugeln um die Ohren, einfach so. Weil man irgendwann mal etwas gesehen hatte. Weil man zufällig etwas gehört hatte, das man nicht hätte hören dürfen. Oder einfach nur, weil man für jemanden arbeitete, der auf der schwarzen Liste stand. Vor nichts war man mehr sicher. Es war nicht zum Aushalten.

Ein Onkel von mir, genauer gesagt ein Großonkel, der jüngste Bruder meines Großvaters, hätte beinah dran glauben müssen. Eines Tages war er beim Pilze suchen plötzlich auf Bewaffnete gestoßen. Er war ein harmloser Mensch, der keinerlei Erfahrung im Umgang mit Waffen hatte. Als er sich einer Quelle näherte, um Wasser zu trinken, saß dort eine Gruppe von Männern, bewaffneten Männern. Jäger, dachte er und ging weiter. Da stand einer von ihnen plötzlich auf, ein recht kleiner Kerl, ohne Mütze, mit einer unfreundlichen Visage, mit Schlangenäuglein und einem dünnem Schnurrbart, der in diesem Knabengesicht wie angeklebt wirkte. Der Mann löste sich aus der Gruppe, kam auf den Onkel zu und fragte, was er hier zu suchen habe. Mein Onkel sagte, dass er Pilze suche, wo es doch zwei Tage geregnet habe, und da habe er Durst bekommen und so weiter und so fort. Der andere erwiderte, dort gebe es keine Pilze, das Wasser der Quelle sei nicht gut, er solle sich einen anderen Platz suchen.

Das war Berrina, Herrschaften, damals einer der schlimmsten Verbrecher weit und breit. Er richtete seine Flinte auf den Bauch meines Onkels und forderte ihn auf, nach Hause zu gehen und niemandem von ihrer Begegnung zu erzählen. Mein Onkel machte kehrt, und vor lauter Angst flog er fast den Weg zurück nach Hause, wo er sich mit Schüttelfrost und Durchfall ins Bett legen musste. Zum Dank ließ er der Madonna delle Grazie eine Messe lesen, denn schließlich war Berrina gut gelaunt gewesen, hatte offenbar nichts Besonderes vorgehabt, wollte vielleicht bloß seine Wasservorräte auffüllen. Sonst wäre der Bruder meines

Großvaters nicht mehr nach Hause gekommen, und auf den Friedhof hätte man ihn auch nicht tragen können.

Schließlich kam es nicht oft vor, dass man leere Särge begrub!

Doch zurück zu Bustianu. Nachdem er aus Ozieri zurück war, wurde es für Zenobi immer brenzliger. Aus Tzia Rosina war nichts herauszubekommen, die arme Frau heulte in einem fort! So fiel das Urteil in der Sache mit den Lämmern ungemein hart aus: sechs Jahre Gefängnis, in Abwesenheit.

Und die Monate vergingen.

Es war der dreizehnte November. Fast genau ein Jahr nach dem Vorfall. Ich machte meinen *Sempre caro* nach Sant'Onofrio, zu der Zeit mein bevorzugtes Ziel. Da es langsam kalt wurde, trug ich den schweren Umhang und den alten Filzhut, den ich bei meinen Spaziergängen immer aufsetzte. Ich ging durch das Tor beim Priesterseminar, grüßte stumm den Justizpalast, passierte die Kathedrale und machte mich auf den Weg in die Macchia, zu den Eichen, die nach Sandelholz dufteten. Ich kickte ein paar Eicheln, als ich hinter mir ein Rascheln hörte. Ohne mich umzudrehen, ging ich weiter, schaute zum Gipfel hinauf und atmete tief die Luft ein, die nach und nach immer prickelnder wurde. Violette Wolken zogen über die Berge von Oliena. Es wird regnen, dachte ich. Sogar der Ortobene war zu sehen. Die Luft war so rein, die Landschaft so gestochen, dass man sich im Zentrum des Lichts wähnte. Leuchtendes Grün, glänzendes Braun, silbern glitzernder Granit. Das würde Antonio Ballero nicht gefallen, dachte ich, dieses Kristallklare ist nichts für ihn, sein Weiß ist dick wie Gerste, sein Schwarz klebrig wie Ruß und sein Rot wie züngelnde Flammen. Sein Pinselstrich ist für dieses erbarmungslose, unerträgliche Licht zu lieblich. Diese Gedanken gingen mir durch den Kopf, als ich plötzlich wenige Schritte entfernt einen Ast knacken hörte. Blitzschnell drehte ich mich um.

»Sisinnia?« Bustianu musterte die zarte Person, die ein paar Schritte entfernt wie erstarrt dastand.

Sie nickte, ja, sie war es wirklich. Anmutig umschloss ein erdfarbenes Kopftuch das vollkommene Oval ihres schneeweißen Gesichtes. Sie war schön, von einer besonderen Schönheit, mit ihren allzu vollen Lippen, die sich wie eine Rötelzeichnung von dem reinen Elfenbeingesicht abhoben, den tiefgrünen Augen, rund und glänzend wie bei einem Kälbchen, und der ebenmäßigen Stirn, auf der sich eine rabenschwarze, aus dem Kopftuch gerutschte Haarsträhne zeigte. Alles an ihr war lieblich, ohne zerbrechlich zu wirken, eine ungekünstelte Schönheit. »Sisinnia«, sagte Bustianu und lächelte.

»Werde ich ihn nie mehr wiedersehen?« hauchte sie. Dabei umklammerte sie den schwarzen Rosenkranz, der an ihrer Schürze hing. Regelmäßig hob und senkte sich ihr wohlgeformter Busen, sie weinte ohne Tränen. »In jener Nacht war er doch gar nicht in Nùoro, er war weg.« Nur mit Mühe brachte sie diese Worte hervor, die Schluchzer schnürten ihr die Kehle zu.

Bustianu wusste nicht, was er sagen sollte. »Warum hast du das nicht gleich gesagt, mein Kind?« Mehr brachte auch er nicht heraus, weil er genau wusste, dass die ewige Litanei der Vorhaltungen doch nur dazu führte, dass keiner sagte, was er wusste. Lauter unausgesprochene Dinge, dabei war die Sache doch ganz einfach, man brauchte nur zwei und zwei zusammenzuzählen.

Sisinnia schüttelte lange den Kopf, bevor sie weitersprach. »Er wollte es nicht. Lieber ist er weggegangen …« Hier versagte ihr die Stimme, und sie brach in Tränen aus.

Bustianu ging auf sie zu, doch als er ihr die Hand auf die Schulter legen wollte, zuckte sie zurück.

»Wenn er sich nicht meldet, kann ich nichts für ihn tun«, sagte er, um sie zu einer Reaktion zu zwingen.

»Er weiß, wer die Lämmer gestohlen hat!« sagte sie plötzlich.

Sie hatte aufgehört zu weinen, ihre geröteten Augen funkelten jetzt wie rohe Smaragde. Zitternd presste sie die Lippen zusammen.

»Wer?« fragte Bustianu. Er ließ den Blick schweifen, als kehrte er zu seinen Gedanken zurück, aus denen man ihn herausgerissen hatte, zurück zu den Farben, zu Ballero und seiner Palette.

»Mein Vater«, antwortete sie kaum hörbar.

So war das also. Als er die Zuneigung zwischen Sisinnia und Zenobi bemerkte, hatte Cosma Casùla Pes zwar gute Miene gemacht, doch begeistert dürfte er kaum gewesen sein. So hatte er sich etwas Feines ausgedacht, um den allzu schönen, aber bettelarmen Schwiegersohn in spe aus dem Weg zu schaffen. Deshalb hatte er Zenobi mit einem Auftrag auf seinen Hof bei Galtellì geschickt, angeblich wegen irgendwelcher Kühe, die noch kein Brandzeichen hatten. Dort erwartete ihn der Verwalter, ein Bursche aus Posada. Der Auftrag lautete, die dreißigköpfige Herde zu kontrollieren und innerhalb von achtundvierzig Stunden mit Brandzeichen zu versehen. Zenobi und der Verwalter machten sich an die Arbeit …

»Das hättest du früher sagen müssen, mein Kind!« beschwerte sich Bustianu noch einmal, diesmal jedoch weniger eindringlich, um Sisinnia, die erschrocken die Augen aufriss, nicht noch mehr einzuschüchtern. Sie wirkte ohnehin so zerbrechlich, dass ein Windhauch genügt hätte, um sie ins Tal hinunter zu wehen.

»Ich hab's doch nicht gewusst!« verteidigte sie sich. »Von Galtellì und der Sache mit den Kühen hab ich gar nichts gewusst.«

»Und dieser Verwalter aus Posada? Wer ist das? Vielleicht ist es ja noch nicht zu spät.«

Sie lächelte zaghaft. »Den habe ich bloß zweimal gesehen. Piredda heißt er, Luigi Piredda.«

»Sehr gut. Wenn die Anklage wegen Viehdiebstahls fällt, wird alles einfacher.«

»Wir sind in Euren Händen«, flüsterte Sisinnia. Dann, als sei ihr plötzlich, in diesem Augenblick erst, etwas Wesentliches wieder eingefallen, nestelte sie unter der Schürze herum und zog schließlich einen Umschlag hervor. Sie hielt ihn Bustianu hin und sagte: »Für Euch.«

Bustianu zögerte kurz, bevor er die Hand danach ausstreckte.

»Was ist das?« fragte er, unschlüssig, ob er den Umschlag nehmen sollte.

Sisinnia stand da mit dem Umschlag in der Hand. Diese Hand würde er nie vergessen, sie war weißer als der Umschlag, und die blassrosa Fingernägel glänzten wie kleine Korallen. »Ich weiß es nicht, er hat mir den Umschlag zukommen lassen, damit ich ihn an Euch weitergebe«, flüsterte sie verlegen.

Bustianu nahm den Umschlag, auf dem deutlich lesbar sein Name stand, und steckte ihn in die Tasche. Schon bei dieser kurzen Berührung bemerkte er, dass der Umschlag kein gewöhnliches Papier enthielt, sondern etwas Festeres.

Um es kurz zu machen – der Spaziergang war verdorben. Sein *Sempre caro* war verdorben. Selbst das Wetter verschlechterte sich. Sisinnia eilte davon. Sobald sie außer Sichtweite war, machte Bustianu sich auf den Heimweg. Ab und zu klopfte er auf die Tasche seines Umhangs, um sich zu vergewissern, dass der Umschlag noch da war. Hol's der Teufel, wieder so eine Geschichte, die einen nicht mehr loslässt, bei der man nicht ungeschoren davonkommt. Da meint man, alles unter Kontrolle zu haben, aber weit gefehlt. Genau so, denke ich, muss Bustianu sich vorgekommen sein, wie ein Genesender, der glaubt, eine Krankheit überstanden zu haben, aber dauernd rückfällig wird. Zu

Hause angekommen, nahm er sich nicht einmal die Zeit, den Umhang auszuziehen. Sofort griff er nach dem Umschlag und betrachtete eingehend die dünnen, ein wenig schief geratenen Buchstaben seines Namens. Schließlich gab er sich einen Ruck, schnitt mit einem Küchenmesser den Umschlag auf und zog eine Photographie heraus.

Der goldene Aufdruck unten auf dem Photo ließ keinen Zweifel zu: Photoatelier Leccis, Via della Pietà 36 – Ozieri, Provinz Sassari. Das Photo zeigte einen jungen Mann mit blonden Haaren, der konzentriert in die Kamera blickt, durch sie hindurch, als wollte er den Rahmen verlassen und seinem Gegenüber direkt in die Augen schauen. Keinerlei Anzeichen von Misstrauen, kein Gedanke daran, die Kamera könnte einem das eigene Abbild und die Seele rauben. Keine Spur von Furcht, das Objektiv könnte der Lauf einer schussbereiten Flinte sein. Barhäuptig steht er da, die Mütze auf der rechten Schulter, als wollte sie den Kontrast zu dem weißen, mit goldenem Flaum bedeckten Gesicht betonen. Das üppige, lange, von einem Windstoß zerzauste Haar strahlt wie eine Sonnenmonstranz. Seine hellen Augen umhüllen die schwarzen Pupillen wie ein Schleier und verlieren sich scheinbar übergangslos im Weiß der Augäpfel. Doch das nimmt dem Blick nichts von seiner Tiefe, man meint alles darin zu sehen: die Landschaft, über die dieser Blick schweift, die Frau, für die er bestimmt ist, die Liebe, die ihn mit einer solchen Zärtlichkeit erfüllt. Zenobi Sanna steht da wie ein Erzengel der manieristischen Schule, der angewinkelte Ellbogen ruht auf einer Stucksäule, einer Art antikem Ruinenfragment, das es wundersamerweise in diese Gegend verschlagen hat.

Das makellose, am Hals durch zwei filigrane Knöpfe geschlossene Hemd wirkt unter der dunklen Jacke wie ein milchiger Fleck. Die Tracht ist jedoch nicht vollständig. Von der Taille abwärts ist er wie ein beliebiger Bürger gekleidet, wie ein Herr vom Lande. Hosen nach kontinentaler Art umspannen seine muskulösen Beine. Die Waden stecken in Gamaschen mit Lederriemen. Diese Mischung macht auf mich einen merkwürdigen Eindruck. Zenobi wirkt dadurch wie gespalten, halb drinnen, halb draußen, halb sardisch, halb kontinental. Ja, gespalten zwischen Tradition und Zukunft. Nicht wie ich, der nur selten Tracht getragen hat, der nie etwas anderes gewesen ist als der Bürgerliche, der Akademiker, der Kontinentale auf einer Insel. Denn ich bin übers Meer gefahren! Ich habe Bücher gelesen, vielleicht zu viele. Ich habe eine Entscheidung getroffen. Zenobi nicht. Trotzdem trägt er enge Hosen, modische Hosen, wie vom Herrenschneider. Das ist das Verwirrende. Vielleicht hat er eine Botschaft empfangen, von der ich nichts weiß. Eine Botschaft, die bei der jüngeren Generation trotz allem angekommen ist. Trotz des Schweigens, das die Verklärung der Vergangenheit auferlegt hat, dieser Vergangenheit, die ein Mythos ihrer selbst ist. Trotz der Ketten, trotz der Isolierung.

Dieses Zweierlei erschüttert mich, macht mir Angst, und ich fühle mich unzulänglich, traurig, schuldig. Ich bin dreißig und fühle mich alt.

Es ist die Photographie, die mir dieses Gefühl gibt. Sie will mir sagen, dass die Zeit die Dinge verändert, auch jene, die unveränderlich scheinen. Die Zeit verändert das Denken, die Gebräuche und Gewissheiten.

Ich lege die Photographie auf den Tisch, wie um sie ihrem Schicksal zu überlassen. Im Kamin glimmen drei abgelagerte Eichenscheite, ganz allmählich brennen sie herunter und zerfallen zu rubinroter Glut, wie geschaffen, um Lämmer zu braten.

Jetzt endlich ziehe ich den Umhang aus.

Erneut nehme ich das Photo zur Hand. Als Hintergrund dient ein zwischen Bäumen aufgespanntes Tuch, auf dem ein barockes Vestibül mit spiralförmiger Treppe zu erkennen ist. Die dreidimensionale Wirkung ist jedoch verlorengegangen, weil der Hintergrund zu verschwommen, zu einfarbig ist. Nur das Objekt ist scharf, gestochen scharf. Dieser junge Mann will leben, will sein Leben selbst bestimmen, wie es überall akzeptiert würde, nur hier nicht.

Ich muss mit ihm sprechen, ich will ihm in die Augen sehen, er soll mir erklären, was ich nicht verstanden habe.

Wenn aus diesem Nest je eine Stadt werden soll, und früher oder später ist es so weit, will ich ganz genau wissen, was für eine Stadt wir planen sollen.

Was mir an der Photographie nicht gefällt, ist das Rauchgrau oben in der Ecke. Jenseits des bemalten Tuchs, das als Hintergrund dient, ist ein Stück Haus zu sehen, das durch den verschobenen Bildausschnitt für immer festgehalten ist. So als käme die Wirklichkeit in ihrer ganzen Selbstherrlichkeit daher, um schon wieder auf sich aufmerksam zu machen: »Ich bin auch noch da! Jetzt habt ihr euren Spaß gehabt, habt genug phantasiert und euch für die Ewigkeit unsterblich gemacht, aber das Haus und der unheilvolle graue Himmel sind auch noch da, die gehören zu mir und müssen auch auf die Platte. Macht ihr ruhig euer Wunschbild, ich zeige, was ist.«

Da fällt mir Francesco Ciusa ein mit seinen Vorhaltungen, mein Denken sei tief religiös. Das mir! Ich, ein religiöses Wesen? Ich, der ich die Rationalität in Person bin? Und er, was ist dann mit ihm? Schaut euch doch mal seine Skulpturen an: seine Bäuerinnen sehen aus wie Engel und Hirten, die man wie Christus ans Kreuz geschlagen hat!

Gewiss, wenn das Wort eine Religion ist, wenn die Gerechtigkeit eine Religion ist, wenn die Erde, auf der wir wandeln, eine Religion ist …

Mein Vater, der ihn wie gesagt gut gekannt hat, sagte, nach seiner Begegnung mit Sisinnia sei Bustianu tagelang reizbar gewesen, wie von einer fixen Idee besessen. Er habe sich einfach nicht damit abfinden können, dass einer zum Gesetzlosen wurde wegen nichts. Denn darin sei Bustianu nicht zimperlich gewesen, er habe klar und deutlich gesagt, dass es unter all den Gesetzlosen auch

Verbrecher gebe, o ja, Gesindel, dem es nur darum gehe, die eigenen Interessen auf die bequeme Art durchzusetzen. Die Wahrheit also: etliche von denen waren bloß gewalttätig, Leute, die nicht einmal wussten, was es heißt, mit anderen zusammenzuleben. Tiere waren das! Jawohl. Wenn denen etwas nicht passte, dann machten sie sich mit Gewehr und Messer verständlich. So war das! Damit konnte man sich schwerlich brüsten, darauf konnte man sich wahrlich nichts einbilden.

Aber es gab eben solche und solche.

Doch wenn einer daherkam und sich allzu differenziert äußerte, die Sache also verkomplizierte, weil er jeden Fall einzeln beurteilen wollte, dann hieß es gleich, dass er mit seinen Gedichten die Gesetzlosen zum Mythos erhebe. Ein schöner Mythos! Lest doch mal genau nach, was Bustianu geschrieben hat! Von Mythos keine Spur. Von Athen auch nicht. Über die Armut der Leute hat er geschrieben, das schon.

Selbstverständlich muss man differenzieren.« Bustianus Ton duldete keinen Widerspruch.

Brigadiere Poli reichte ihm ein weiteres Gläschen Malvasia. »Würde man, wie Sie sagen, dauernd differenzieren, käme man auf keinen grünen Zweig. Die Leute hier müssen begreifen, dass sie auf der falschen Seite stehen, wenn sie sich in die Hand dieser Verbrecher geben. Sie müssen begreifen, dass sie jetzt Teil einer Nation sind, es gibt nicht nur sie allein!«

»Und wer sagt ihnen das? Die piemontesischen Soldaten? Oder die königlichen Steuereintreiber?« Antwortheischend hingen Bustianus Fragen im Salon des Café Tettamanzi.

»Jetzt spielen Sie mal nicht den Populisten, Sie haben doch ganz genau verstanden, was ich meine«, ging Brigadiere Poli darüber hinweg. »Sie sind doch selbst Sarde, und ein rechtschaffener Mensch obendrein«, fuhr er fort. »Man muss sich entscheiden und Verantwortung übernehmen.«

»Sicher, rechtschaffene Leute gibt es viele, selbst hier bei uns. Vielleicht haben sich die Leute im Grunde ihres Herzens ja schon entschieden, nur dass ihre Stimme zu leise ist, um Gehör zu finden. Aber das heißt noch lange nicht, dass man von ein paar Schreihälsen auf die schweigende Mehrheit schließen kann.«

»Ja, die Schreihälse, die schreien so laut, dass man ihr Geschrei bis nach Rom hört«, stimmte der Brigadiere zu. »Beim Kommando reden sie jetzt schon davon, den Ausnahmezustand zu verhängen und ganze Divisionen hierher zu verlegen. Die entsprechenden Befehle sind unmissverständlich: Schluss mit der Erbsenzählerei, Jagd frei!«

»Ja genau, das meine ich ja. Ihr seid die Leute fürs Grobe und wir zählen die Erbsen. Übrigens halten wir uns mit diesen Erbsen über Wasser.«

»Aber was ihr mit eurer Erbsenzählerei alles erreicht! Augenzeugen, die wie durch Zauber bis zum offiziellen Verhör alles vergessen haben, die verschwinden, wenn sie vor Gericht aussagen sollen.«

»Die Leute haben Angst, schließlich wissen sie, dass Rom weit weg ist.«

»Sie wollen ihr Verhalten also rechtfertigen?«

»Ich kann sie verstehen, das schon. Aber das ist noch lange keine Rechtfertigung. Solange man die Leute hungern lässt und ihnen mit Misstrauen begegnet, kann man keinen durchschlagenden Erfolg erwarten. Das ist kein Land wie jedes andere. Kein Land ist wie das andere. Mal ehrlich, Brigadiere. Als Sie den Brief bekamen, der Sie in diese abgelegene Gegend mitten im Meer abkommandierte, haben Sie doch auch gedacht: Womit habe ich das verdient? Warum werde ich bestraft? Warum schicken die mich zu den Wilden?

Sehen Sie, wieviel wir noch vor uns haben? Wir sind nicht irgendwelche Bürger, keine Italiener wie die anderen. Wir sind Arbeitstiere und Schlachtvieh.«

»Das haben Sie gesagt …«

»Haben Sie überhaupt eine Vorstellung davon, wie es früher hier ausgesehen hat? Wie die Leute gelebt haben? Wenn keiner ihnen etwas erklärt, wie kann man da erwarten, dass sie verstehen?«

»Ihr mit Euren Erklärungen, Avvocato! Am Ende kriegt ihr uns noch unter … Ich meine, eigentlich seid ihr doch gar nicht so begriffsstutzig, wenn ihr nur wollt …«

»Eins haben wir sofort begriffen, ohne dass es uns einer hätte erklären müssen: Was mit uns ist, was mit uns war und was aus uns wird, das interessiert keine Menschenseele.«

»Natürlich! Immer dieselbe Leier! Also wirklich, eure Vertreter im Parlament, die haben schließlich nicht wir gewählt!«

»*Touché!* Jedenfalls tröste ich mich damit, dass ich sie nicht gewählt habe. Trinken wir noch einen?« fragte Bustianu und winkte mit dem leeren Glas in Richtung Kellner. »Und der Staatsanwalt will uns also verlassen …«, fuhr er fort, um das Thema zu wechseln.

»Sieht so aus«, antwortete der Brigadiere lakonisch und schnupperte an dem Malvasia, den man ihm soeben eingegossen hatte. Sie tranken schweigend. »Man plant einen Abschiedsempfang für Seine Exzellenz, den Königlichen Staatsanwalt«, fügte er nach einer Weile hinzu. »Eine große Sache im Hause Mastino, mit Gästen aus Sassari und

Cagliari, Offiziere, Amtsträger und Bürgermeister. Soweit ich weiß, seid Ihr auch eingeladen.«

»Sieht so aus«, imitierte ihn Bustianu und zuckte die Schultern.

In diesem Augenblick erschien Carabiniere Cugusi im Eingang. Mit zusammengekniffenen Augenbrauen suchte er das Lokal nach seinem Vorgesetzten ab. Brigadiere Poli saß mit dem Rücken zur Tür. Als er bemerkte, dass Bustianu ein anderes Gesicht aufsetzte und jemandem hinter ihm Zeichen gab, wusste er sofort, dass seine Pause zu Ende war. Er drehte sich um, entdeckte Cugusi und winkte ihn zu sich heran. Beflissen befolgte dieser den Befehl und bahnte sich einen Weg durch die Tische. »Cosma Casùla Pes«, sagte er nur, nachdem er salutiert hatte. »Marreri«, fügte er erklärend hinzu.

Sie fanden ihn unter einem Olivenbaum. Wie schlafend lag er da, das Gewehr lehnte am Stamm. Jemand hatte aus nächster Nähe auf ihn geschossen. Sein weißes Hemd war blutverschmiert, zwischen Kehle und Brustbein klaffte eine Wunde, die auf der gelblichen Haut wie roter Samt wirkte. Der Boden um ihn herum war mit Blut getränkt.

Brigadiere Poli bahnte sich einen Weg durch die Menschen, die sich um die Leiche versammelt hatten. Zwei Carabinieri erstatteten kurz Bericht: die Tochter hatte den Vorfall gemeldet.

Cosma und Sisinnia waren nach Marreri gekommen, um auf dem Hof nach dem Rechten zu sehen, die Mandelbäume zu begutachten und ein bisschen Zichorie und wilden Fenchel zu schneiden. Vorsorglich hatte Cosma das Gewehr mitgenommen, falls ihm ein Hase über den Weg lief. Sisinnia hatte eine kalte Mahlzeit zubereiten lassen: gesalzenes Fleisch, Gerstenbrot, Ziegenkäse, ein Stück Hartwurst und eine gute Flasche Wein. Sisinnia mochte diese Ausflüge nach Marreri, und deshalb hatte Cosma es sich zur Gewohnheit gemacht, sie mitzunehmen. In einiger Entfernung waren die Knechte dabei, Käse zu machen und Körbe zu flechten. Nur ein paar Minuten war Sisinnia weggeblieben, gerade solange, wie sie brauchte, um eine Schürze voll Zichorie und Löwenzahn zu sammeln. Da hatte sie den Schuss gehört. Ein Hase, hatte sie gedacht und noch schnell einen Dornbusch beiseite geschoben, unter dem sich ein paar Spargelstangen verbargen. Dann war sie in aller Ruhe zu dem Olivenbaum zurückgegangen. Wie schlafend hatte ihr Vater dagelegen. Kein Hase. Dafür Blut, Blut in Strömen …

Brigadiere Poli sah Bustianu an. »Diesmal hat er sich selbst eins ausgewischt«, sagte er mit seltsamer Miene. »Wie sagt man hier? Er hat neben den Topf gemacht.«

Bustianu schirmte die Augen mit der Hand ab, als müsste er sich vor zu starkem Licht schützen. »Nicht so eilig, Brigadiere«, sagte er nachdenklich.

»Er hat ihn abgemurkst, noch so eine von euren Redensarten, die die Sache auf den Punkt bringen. Er hat ihn abgemurkst, während er schlief. Sonnenklar.«

Es gab ein ziemliches Hin und Her, bis die Neugierigen endlich zur Seite traten, irgendwelche Leute, Nachbarn, Knechte und der Agronom der Gemeinde, von denen jedoch keiner etwas gesehen hatte. Einen Schatten zum Beispiel oder einen Flüchtenden. Keiner hatte Zenobi in der Gegend gesehen. Auch aus Sisinnia war bis auf das, was sie bereits erzählt hatte, nichts herauszubekommen. In ihrem Gesicht waren nur Entsetzen und Verzweiflung zu lesen. Bustianu betrachtete sie eingehend, ihre Hände klammerten sich an den schwarzen Rosenkranz.

Die Leiche wegzuschaffen, war alles andere als einfach, denn Kopf und Körper von Cosma Casùla Pes wurden nur noch durch ein Stück Haut zusammengehalten. Man legte ihn auf eine improvisierte Bahre und brachte ihn zu den Carabinieri in die Kaserne. Aufgewühlt, aber äußerlich teilnahmslos verfolgte Sisinnia das Geschehen. Sie war weiß wie die Wand, starr blickten ihre Augen in die Ferne, weit, weit weg … Die Augen einer verängstigten Gazelle oder eines Raubtiers auf dem Sprung.

»Er ist nicht im Schlaf getötet worden«, sagte Bustianu. Sorgfältig die Stelle meidend, wo Cosma zusammengebrochen war, näherte er sich dem Olivenbaum.

»Sehen Sie?« fragte er den Brigadiere, der direkt hinter ihm stand. Dieser schaute sich das Stück Stamm an, auf das Bustianu deutete. Ungefähr anderthalb Meter über dem Boden war das Holz von Kugeln durchsiebt und sah aus wie ein altes Möbelstück, das dem Holzwurm zum Opfer gefallen ist. Die Rinde war mit winzigen Blutspritzern und Geweberesten besprenkelt. »Als auf ihn geschossen wurde, hat er hier gestanden«, folgerte Bustianu.

»Selbst wenn«, räumte der Brigadiere ein, »das würde nichts ändern.«

»Das ändert alles«, entgegnete Bustianu.

»Sagen Sie, was Sie denken, ich höre«, sagte Brigadiere Poli herausfordernd und fast schon widerwillig.

Bustianu machte ein paar Schritte vom Olivenbaum weg. »Es will mir einfach nicht einleuchten, Brigadiere«, sagte er schließlich. »Warum hat man auf ihn geschossen?«

Der Brigadiere verzog das Gesicht. »Was für eine Frage! Um ihn umzubringen …«

»Ja, ja, sicher! Das ist klar! Aber mit seinem eigenen Gewehr, wieso?«

»Vielleicht hatte ihr Schützling keine Waffe bei sich.«

»Wie bitte? Ein blutrünstiger Bandit, der ohne Waffe durch die Gegend läuft? Ein Bandit und unbewaffnet, das hat es doch noch nie gegeben!«

»Er konnte ja nicht wissen, dass er seinen Todfeind treffen würde. Vermutlich hat Casùla Pes die Waffe aus irgendeinem Grund abgelegt und Sanna hat die Gelegenheit genutzt. Möglicherweise wollte das Opfer im Schatten des Baumes ausruhen und wurde dabei von Sanna überrascht.«

»Natürlich, er sieht ihn rein zufällig, geht so nah heran, dass er das Gewehr an sich nehmen kann, und entfernt sich dann wieder, um auf ihn zu schießen. Das glauben Sie doch selbst nicht, Brigadiere.«

»Sie machen es ziemlich kompliziert, dabei ist der Sachverhalt doch glasklar: Casùla Pes ist eingenickt, und Sanna hat ihn ohne Probleme kalt gemacht. *Sic et simpliciter.*«

»Und benutzt dabei nicht sein eigenes Gewehr. Oder ein Messer. Das wäre doch viel einfacher gewesen, viel leiser und viel sauberer. Viel besser! Nein, da riskiert er lieber, gesehen und gefasst zu werden oder, was das Unglaublichste ist, selbst umgebracht zu werden.«

»Aber nur, weil Sie davon ausgehen, da das Opfer nicht geschlafen hat …«

»… Cosma Casùla Pes hat nicht geschlafen, dafür ist der Schuss viel zu weit oben. Erst danach ist er in die Position gerutscht, in der wir ihn gefunden haben.«

»Sie sind also ein Experte in Ballistik.«

»Natürlich nicht, aber Leichen habe ich schon viele gesehen. Und ich gehe jede Wette ein, dass Cosma Casùla Pes gestanden hat, als auf ihn geschossen wurde. Und dann ist da noch etwas …« Bustianu zögerte.

Brigadiere Poli schloss die Augen und nickte. »Nur zu«, flüsterte er.

»Zenobi Sanna ist ein ausgezeichneter Schütze, er hätte ihn aus hundert Schritt Entfernung erledigen können, mit einem einzigen Schuss. Stattdessen …«

»Es könnte aber sein, dass er keine Waffe bei sich

hatte!« Die Stimme des Brigadiere klang jetzt unwillig, er verlor langsam die Geduld.

»Stattdessen«, fuhr Bustianu fort, der sich nicht ablenken lassen wollte, »stattdessen geht er gefährlich nah heran. Cosma Casùla Pes war ebenfalls ein erfahrener Schütze. Die Gefahr war groß.«

»Nicht, wenn er geschlafen hat!« platzte der Brigadiere heraus. »Mit diesen unwahrscheinlichen Vermutungen verlieren wir nur Zeit, Avvocato! Und außerdem wissen Sie besser als ich, was in diesen Leuten vorgeht! Er wollte, dass sein Opfer ihn sieht, vielleicht wollte er ihm etwas sagen, er wollte …«

Er wollte es ihm heimzahlen. Vielleicht hatte Poli Recht.

Der Brigadiere schaute mich an, als hätte sich urplötzlich ein Abgrund zwischen uns aufgetan. Auf einmal stand ich auf der anderen Seite, war zum Sarden geworden, vernünftigen Argumenten unzugänglich. Vor seinen Augen wurde aus dem rechtschaffenen Menschen, für den er mich bisher gehalten hatte, ein Anwalt der Machenschaften, ein Rechtsverdreher, der nicht davor zurückschreckt, einen Verbrecher in Schutz zu nehmen. Der selbst das Unmögliche versucht, um seinen Mandanten zu retten. Mal abgesehen davon, dass Zenobi Sanna streng genommen gar nicht mehr mein Mandant war. Schließlich hatte ich nie persönlich mit ihm gesprochen. Alles, was ich über ihn wusste, hatte ich von seiner Mutter. Ich kannte ihn nur von einer Photographie, die ihn jedoch nicht entlastete, sondern im Gegenteil nur noch enger mit dem ermordeten Photographen Leccis in Verbindung brachte.

Zu allem Überfluss hatte ich von Sisinnia erfahren, dass der Streich mit den gestohlenen Lämmern, der Zenobi Sanna sechs Jahre Gefängnis eingebracht hatte, ausgerechnet auf das Konto des ermordeten Cosma Casùla Pes ging. Und das war keine Kleinigkeit.

Also hatte der Brigadiere Recht. Ich klammerte mich an das Unmögliche, bloß um nicht zugeben zu müssen, dass mein Schützling, wie er ihn nannte, nichts anderes war als eine blutrünstige Bestie, ein Verbrecher, der kein Verständnis verdiente, ein gefährlicher Bandit, der sich am Blut seiner Feinde berauschte, ein Wilder, der in der menschlichen Gemeinschaft nichts zu suchen hatte. Ein Raubtier, das man einfach niederschoss.

Trotzdem hatte er Unrecht!

Kennt ihr das nicht, dass man felsenfest von einer Sache überzeugt ist, obwohl es keinerlei Beweise dafür gibt. Ja, dass man um so fester daran glaubt, je wahrscheinlicher das Gegenteil wird?

Für mich war es so! Vielleicht hatte es mit Tzia Rosina, seiner Mutter, zu tun, mit ihren Worten: »Ich kenne doch meinen Sohn.« Aber das sagen schließlich alle Mütter! Oder es lag an Zenobis Gesichtsausdruck auf dem Photo, an diesem Blick, der ins Nichts gerichtet war.

Wie Rimbaud auf dem Porträtphoto von Carjat, nur dass Zenobi mit vierundzwanzig noch kein einziges Gedicht geschrieben hatte. Vielleicht hatte es mit Sisinnias Augen zu tun, die glänzten, wenn sie nur seinen Namen erwähnte.

Ich bin nun mal stur. Ich stamme aus der Barbagia, und irgendetwas muss es ja wohl bedeuten, wenn man dort und nicht woanders geboren wird.

Damit meine ich aber keine angeborenen Eigenschaften: Niceforo und seine Theorie von den »Verbrechergegenden« habe ich immer schon zutiefst verabscheut. Ich glaube, dass der Geburtsort eine Laune der Bürokratie ist. Trotzdem, wenn man an einem bestimmten Ort aufwächst, muss sich das doch auswirken. Vielleicht ist es die Luft oder die Landschaft, wer weiß! Wird einer im Nebel der Ebene geboren, lernt er womöglich, die Nuancen zu schätzen und das Relative zu kultivieren. Wer an einem Ort ohne Berge geboren wird, wo alles greifbar ist, dem fällt es womöglich leichter, Zugeständnisse zu machen. Ich weiß es nicht. Eins ist jedenfalls klar: Wenn ich mir etwas in den Kopf gesetzt habe, bringt mich keiner davon ab. Darin bin ich schlimmer als mein Hund, der gehorcht wenigstens unter Prügel, ich nicht einmal dann. Während meines Militärdienstes in Bologna wäre ich deshalb beinah vors Kriegsgericht gekommen, sogar zweimal. Und von der Zeit in Sassari will ich gar nicht erst anfangen.

»Stimmt das auch, was Ihr da sagt?« polterte Bustianu ungeduldig. Die Alte schaute ihn verständnislos an und lächelte. »Habt Ihr genau zugehört?« drängte Bustianu. »Habt Ihr verstanden, was ich von Euch will?« sagte er, wobei seine Stimme immer lauter wurde.

»Ja, ja, ich habe verstanden, ich bin weder taub noch blöd, Gott sei dank!« gab die Alte zurück. »Ihr habt die Reise umsonst gemacht. Luisi ist weg. Er ist nach Amerika! Uns wollte er auch mitnehmen, aber Lenardu, mein Mann, wollte nichts davon wissen. Ich wäre ja mitgegangen, aber den, den bringt keiner hier weg. Was soll ich Euch sagen: mit siebzig, da wird kein Fisch mehr zu Fleisch. Luisi hat seine Familie und seinen kleinen Bruder genommen und sie sind nach Amerika ... Schreiben wollte er, und Geld schicken ...«

Bustianu schwitzte. Die klebrige Feuchtigkeit der Baronìa legte sich auf seine Kleider wie eine durchsichtige Haut. »Nach Amerika«, sagte er laut zu sich selbst. »Aber vielleicht könnt Ihr mir trotzdem helfen«, machte er sich Mut. »Es ist ungefähr ein Jahr her, da hat Euer Sohn für seinen Herrn Kälber und Kühe gebrannt. Dabei hat ihm einer aus Nùoro geholfen, ein Blonder, den habt Ihr sicher gesehen!«

Wieder sah die Frau ihn an. Nun machte sie ein besorgtes Gesicht, als wäre sie fassungslos über die Hartnäckigkeit ihres Gesprächspartners. Dieser Anwalt war extra aus Nùoro nach Galtellì gekommen, nur um mit ihrem Sohn über Dinge zu reden, die vor einem Jahr passiert waren. »Was soll ich sagen, mein Sohn, wer erinnert sich schon an Sachen, die so lange her sind!«

»Es ist unmöglich, dass Ihr Euch nicht daran erinnert! Ein junger Mann aus Nùoro, blond und mit blauen Augen, aus Nùoro ... die Brandzeichen ...«, murmelte Bustianu. Wenn die Alte nicht so winzig gewesen wäre, hätte er sie bei den Schultern gepackt, um das, was sie nicht sagen wollte, aus ihr herauszuschütteln. Aber sie, sie schaute ihn nicht einmal an. Sie saß auf der Stufe vor ihrem Haus aus gemauertem Feldstein und fuhr seelenruhig fort, dicke Bohnen zu schoten. Sie war barfuß, ihre Füße sahen aus wie halbverbrannte Brote. Trotz des fortgeschrittenen Winters trug sie einen dünnen Rock, unter dem die geschwollenen Knöchel hervorschauten. »Gebt ihn seiner Mutter zurück«, machte Bustianu einen neuen Anlauf. »Er ist nämlich untergetaucht, obwohl er unschuldig ist.«

»Und was soll ich daran ändern?« fragte die Frau ungerührt und trennte weiter die Bohnen von den Schoten. »Er ist wohl ein Bandit?« fragte sie nach einer Weile, als hätte sie Bustianus Worte erst jetzt verstanden.

Bustianu nickte erwartungsvoll.

»Heutzutage wird alle Welt Bandit«, meinte sie nur. »Doch die richtigen Banditen, die auf der Seite der Armen stehen, die gibt es nicht mehr. Als ich jung war, da gab es sie noch. Und eine Menge Unrecht, damals, als sie uns die Weiden und das Land und alles genommen haben. Ich war dabei, als die Brüder Chiaragone einfach wie Tiere erschlagen wurden, mit Prozessen hielt man sich damals nicht auf. Das waren wohlhabende Leute, und als das Land eingehegt wurde, haben sie alles verloren. Einer von ihnen, der jüngste, war noch gar kein Bandit, als sie ihn umgebracht haben. Die Ungerechtigkeit, mein Sohn, ist so alt wie die Menschheit.«

»Ja, das stimmt. Aber Ihr tragt dazu bei, wenn Ihr schweigt, obwohl Ihr der Gerechtigkeit dienen könntet. Ihr wisst doch ganz genau, über wen wir hier die ganze Zeit reden.«

»Wer hört schon auf eine alte Frau. Du bist jung, ich war auch mal jung und zur Schule sind wir auch gegangen, wir waren nicht immer so. Warum willst du alte Geschichten wieder aufrühren, mein Sohn, die Dinge sind nun mal, wie sie sind; wenn man erstmal in etwas hinein geraten ist …«

»Ja, aber wenn selbst wir keine Unterschiede mehr machen, dann haben die anderen Recht. Ihr legt ja auch die Bohnen auf die eine und die Schoten auf die andere Seite, schließlich kann man nicht alles essen. Der junge Mann, um den es hier geht, ist unschuldig. Ihr müsst mir helfen.« Seine Stimme klang jetzt flehend.

»Ich weiß doch gar nicht, wonach Ihr sucht. Das sind doch Fragen an Luisi! Im Übrigen kann man die Schoten auch essen, wenn nichts anderes da ist.«

In diesem Augenblick hörte man im Haus eine Männerstimme.

Die Alte strich sich über die Haare und band das Kopftuch neu. Sie zögerte, bevor sie antwortete. »Was ist?« fragte sie in das Dunkel hinter sich. »Mein Mann«, erklärte sie Bustianu. »Er ist krank. Angeblich behandeln sie ihn, aber es geht ihm immer schlechter. Ach, wenn mein Sohn, wenn meine Kinder nur hier wären! Ich muss jetzt hinein. Ich kann dir nicht mal etwas anbieten, denn wir haben selbst nichts.«

Mühsam stand sie auf, nahm die Schüssel mit den Bohnen, raffte die Schürzenzipfel mit den Schoten und drückte sie an sich. »Ein hübscher junger Mann«, sagte sie, bevor sie hineinging.

»Eine Augenweide«, dachte sie laut. Und zu ihm: »Warte hier.«

Als sie wieder herauskam, hatte sie etwas in der Hand.

Sieh an, noch eine Photographie. Aufgenommen auf dem gleichen Gehöft, von dem gleichen ambulanten Photographen. Bustianu traf fast der Schlag. Zenobi mit dem glühenden Brenneisen in der Hand und Luigi Piredda, der ein Kalb am Kopf festhält. In der Nähe steht ein graues Haus, das gleiche, das auf Zenobis Porträt durch das Tuch halb verdeckt ist. Die Photographie enthielt noch andere Informationen, aber die wichtigste war das handgeschriebene Datum: Galtellì, 28. Dezember 1897. Auf der Rückseite standen die Abkürzung AQB und die Zahl 28.

Jetzt war alles klar. Ihr könnt sagen, was ihr wollt, aber Bustianu hatte von Anfang an den richtigen Riecher gehabt. Eindeutiger ging es nicht. Was immer die Abkürzung bedeuten mochte, sie bewies, dass die beiden Photographien, »Brandmarken« und »Porträt eines jungen Mannes«, nacheinander aufgenommen worden waren. Und zwar am 28. Dezember, dem Tag, als die Lämmer verschwanden. Zenobi war also unschuldig.

Jetzt kam Bewegung in die Sache. Bustianu hatte ohnehin nie eingeleuchtet, weshalb Zenobi den Photographen hätte beseitigen sollen und mit ihm alle Beweise, die ihn selbst entlastet hätten.

Im Grunde ist es wie bei einem Gedicht, man findet die richtigen Worte, ohne zu wissen wie. Die Zeilen fügen sich auf natürliche Weise, gegen jede Logik, gegen jede Planung. Ich bin nie Positivist gewesen! Nie habe ich mich sklavisch an etwas geklammert, auch nicht an die Vernunft. Und an die Physiognomik schon gar nicht. Aber selbst wenn … Sie wäre mir sogar entgegengekommen, denn wenn man die Verbrecher am Gesicht erkennt, dann gilt das auch für die Unschuldigen. Und Zenobi sah aus wie die Unschuld in Person. Aber das war nicht der Grund, warum ich mich so sehr darauf versteifte. Das lag weder an Zenobis Äußerem noch an Sisinnias sanftem Blick. Und schon gar nicht daran, dass ich mich der Banditenromantik verschrieben hätte.

Mir kam es vielmehr darauf an, ein Gespür für die Dinge zu entwickeln und für jedes den richtigen Platz zu finden. Genau wie beim Schreiben eines Gedichtes.

Ich war nie Manichäer. Ich gehörte nie zu denen, die die Wahrheit gepachtet haben. Aber ich war bereit, für meine Wahrheit zu kämpfen.

Dazu hat meine Mutter Raimonda mich erzogen! Später bereute sie, dass ihr Sohn ihr derart ähnlich war. »Früher oder später nimmt es ein böses Ende mit uns beiden«, pflegte sie zu unken. Denn sie wusste ganz genau, wir wussten beide, dass jede Auseinandersetzung lang und schmerzhaft würde, wenn man sich so gut kannte wie wir. Kein Schachzug kam unerwartet, jeder Schritt war vorhersehbar, alles ergab sich aus der immer gleichen, abgenutzten Strategie. Man schwieg, wenn man hätte reden sollen, man redete, wenn man besser geschwiegen hätte. Immer das alte Lied.

Als Kind verschanzte ich mich hinter hartnäckigem Schweigen. Ich war misstrauisch, reizbar und aufbrausend. Aber meine Mutter kannte mich. Deshalb schwieg sie ebenfalls und beschränkte sich darauf, mich zu beobachten. Und ich kannte sie. Deshalb bereitete ich mich auf einen Wettkampf im Schweigen vor und legte dafür Gedankenvorräte an.

Außerhalb des Hauses sah die Sache anders aus; da konnte ich sogar redselig sein und hemmungslos übertreiben wie alle Menschen, die allzu kontrolliert sind. Überlaute Stimme, schrilles Lachen, stechender Blick.

Und dann der Körper, ein dicker, mächtiger Körper. Größer als bei anderen. Ein breites, behaartes Gesicht. Nichts Edles. Wie ein Teig aus Roggen und Kleie.

Von wohlerzogener Grobheit, ein eleganter Barbar.

Herr und Bauer zugleich.

Alles Eigenschaften, die im Gerichtssaal von Nutzen sind. Besonders hierzulande. Unruhige Zuhörer lassen sich damit zum Schweigen bringen, gelangweilten Richtern entlockt man ein Lächeln, und sogar mumienhafte Gerichtsschreiber heben bisweilen den Kopf. Selbst im erloschenen Blick der Juristenkaste lässt sich damit ein Fünkchen Interesse hervorzaubern.

Zum Theater konnte ich nicht, da bin ich halt

Anwalt geworden. Ein Kostüm braucht man da auch, eine geschulte Stimme und eine vollendete Gestik.

Doch der Mensch Bustianu war anders, häufig kämpfte er gegen den Redner an. Der Mensch war kleiner und von Zweifeln geplagt.

Der Mensch war anders, er war ein Kind. Ein Kind, das ängstlich war und voller Ehrfurcht. Ein schweigsames Kind. Ein dickköpfiges Kind.

Brigadiere Poli hauchte in die klammen Finger der rechten Hand, um sich aufzuwärmen.

»Sogar heute, bei dieser Kälte, sind Sie in die Berge gegangen?« fragte er.

Bustianu nickte. »Das ist eine Angewohnheit, die Beine laufen von selbst. Außerdem wird einem vom Gehen warm.«

»Von einem Feuer und einer Decke auch«, bemerkte der Brigadiere ironisch.

»Was gibt's denn?« fragte Bustianu ein wenig beunruhigt.

»Ich habe getan, worum Sie mich gebeten haben, auch wenn ich nicht verstehe, was Sie damit bezwecken. Nun ...«

»Nun?«

»Nun ... Vom Bahnhof in Orosei ist eine Antwort gekommen. Sie hatten Recht: In der Zeit vom 20. bis 28. Dezember des vergangenen Jahres hat der Photograph Leccis die ganze Baronìa bereist, kreuz und quer. Und einen Gewerbeschein hatte er auch.«

Lächelnd zog Bustianu die beiden Photographien aus der Tasche seines Umhangs und breitete sie auf dem Schreibtisch des Brigadiere aus.

Arturo Poli ließ sich Zeit. Um besser sehen zu können, kniff er die Augen zusammen, denn er hatte seinen Zwicker nicht zur Hand. Eingehend musterte er die Photos. Schließlich sah er auf.

»Zenobi Sanna«, sagte Bustianu und zeigte auf die Photographie, die er selbst »Porträt eines jungen Mannes« getauft hatte. Der Brigadiere schwieg. »Zenobi Sanna und Luigi Piredda, wie sie die Tiere der Casùla Pes mit Brandzeichen versehen«, fuhr Bustianu fort und zeigte auf das andere Bild. »Mit Datum«, fügte er hinzu.

Der Brigadiere brach in Lachen aus. »Ich verstehe immer noch nicht«, sagte er. Aber es war klar, dass das nicht stimmte.

»Dann helfe ich Ihnen auf die Sprünge. Wenn Zenobi Sanna am 28. Dezember in Galtellì war, dann kann er nicht in der gleichen Nacht in Marreri gewesen sein, um die Lämmer seiner Herrschaft zu stehlen. Außerdem hat er sich dort photographieren lassen, und deshalb konnte er keinerlei Interesse haben, den Photographen zu beseitigen. Kurz und gut: Mit den Taten, die ihm zur Last gelegt werden, hat Zenobi nichts zu tun.«

»Wollen Sie damit sagen, dass zwischen der Ermordung von Leccis und der Sache Casùla Pes gar kein Zusammenhang besteht?«

»Das habe ich nicht gesagt. Ich habe nur gesagt, dass Zenobi Sanna ihn nicht ermordet hat. Eigentlich ist die Sache doch ganz einfach. Cosma Casùla Pes will Zenobi nicht zum Schwiegersohn. Er hat aber nur eine Tochter, Sisinnia. Lieber würde er sich ins Meer stürzen, als dieser Tochter etwas abschlagen. Also organisiert er die Sache mit den Lämmern. Er schickt Zenobi nach Galtellì und verabredet mit

Luigi Piredda, dass er Zenobi mindestens achtundvierzig Stunden dort festhält. Von dem Photographen und den Photographien kann er nichts wissen, Luigi Piredda informiert ihn erst, als es schon zu spät ist. Aber dann gibt es Schwierigkeiten. Zenobi weigert sich, Schadenersatz zu leisten, weil er mit dem Diebstahl nichts zu tun hat und sich zu Unrecht beschuldigt fühlt. Um der Verhaftung zu entgehen, taucht er schließlich unter. Unterdessen erfährt Casùla Pes durch seinen Verwalter Piredda von den Photographien aus Galtellì, er fürchtet Zenobis Rache und bekommt es mit der Angst. Da wird es sozusagen unumgänglich, den Photographen aus dem Weg zu räumen und mit ihm alle Beweise dafür, dass Zenobi beim Brandmarken dabei war. Casùla Pes beauftragt seinen Verwalter, die Sache in die Hand zu nehmen. Im Gegenzug versorgt er Piredda mit allem, was dieser für eine Auswanderung nach Amerika braucht. Doch wie es das Schicksal will, kommt Piredda zu spät. Die Abzüge sind schon ausgeliefert. Einer nach Galtellì, der andere nach Nùoro. Jetzt liegen sie hier.«

»Ja, aber unterdessen wird Cosma Casùla Pes ermordet. Selbst wenn Sanna in der anderen Sache Unrecht geschehen ist, was wohlgemerkt erst noch zu beweisen wäre, so bleibt er im Fall Cosma Casùla Pes doch weiterhin der Hauptverdächtige. Und damit stehen wir wieder am Anfang.«

Gewiss, so sah es der Brigadiere, doch für Bustianu stellte sich die Sache genau umgekehrt dar. Woher nahmen die nur ihre Sicherheit? Ehe man sich's versah, hatten sie einen Christenmenschen schon ins Gefängnis geworfen, vor allem die armen Teufel. Dabei war doch nur eins sicher: Die Anklage gegen Zenobi war nichtig, er musste öffentlich rehabilitiert werden. Was den Tod von Cosma Casùla Pes betraf, da musste man erst einmal ordnungsgemäß ermitteln. Vielleicht kam ja etwas dabei heraus.

Bei dem Begräbnis von Don Cosma war die ganze Stadt auf den Beinen. Donna Dolores sah aus wie die leibhaftige Madonna von den sieben Schwertern, drei Leute mussten sie stützen, damit sie dem Sarg überhaupt folgen konnte. Sisinnia hielt sich kerzengrade, hatte das schwarze Kopftuch aber so tief in die Stirn gezogen, dass ihr Gesicht nicht zu sehen war. Dann kam Bartolomeo Casùla Pes, Bruder, Schwager und Onkel. Er war um die dreißig, aber schmaler und größer als sein verstorbener Bruder. Barhäuptig folgte er dem Sarg, zeigte den Menschen sein spärliches Haar. Sein eingefallenes Gesicht war gerötet, die breite Stirn blass. Über den fiebrig glänzenden Augen saßen die Brauen wie Rabenflügel. Ein schöner Menschenschlag, diese Casùla Pes. Kräftig und gut genährt. Aber ein glückloses Geschlecht, keine männlichen Erben. Nach Sisinnia konnte Donna Dolores keine Kinder mehr zur Welt bringen, und Bartolomeo wollte vom Heiraten nichts wissen, denn er war mehr Priester als alles andere, verbrachte mehr Zeit in der Kirche als auf seinen Ländereien. Aber Sinn fürs Geld hatte er schon. Der Ökonom des Betriebs.

Dahinter folgten die anderen: Verwandte bis zum vierten Grad, Nachbarn, Besitzer angrenzender Ländereien, Verwalter, Vertreter der Behörden. In Scharen waren sie gekommen, um an dem Begräbnis teilzunehmen. Dem Spektakel, das bei uns das Theater ersetzt: Waisen in schneeweißen Kleidern wie Engel, Novizinnen in grauem Gewand und der Prior von San Francesco mit dem gesamten Priorat.

Bevor der Leichenzug begann, war das ganze Haus von Klagegesang erfüllt. Wehklagen, nichts als Wehklagen, von bezahlten Klageweibern und verzweifelten Angehörigen. Das ganze Haus war erfüllt von Gedenken, der Erinnerung an das wunderbare Leben des Verstorbenen, an seine Schönheit, seine Ehrbarkeit und seine Vollkommenheit. Je größer die Gewissheit, dass derjenige, den man beweinte, wirklich tot war, desto vollkommener erschien sein Leben. Er war mehr als ein Held. Mehr als ein Heiliger. Ein Toter. Ein Körper, der gepriesen, transportiert und ausgestellt werden wollte. Ein Körper, den man anflehte, er möge aufwachen, sich erheben und wieder atmen. Ein Körper, dem man vorwarf, dass er sich dem Tod ergeben hatte. Den man unverzüglich beweinen musste, damit nicht eine Sekunde ohne das Entsetzen über seine Abwesenheit verging.

Der Niedergang eines Hauses! Eine unendliche Tragödie! Gemäuer, das aus den Fugen gerät. Und das Leben bricht herein über eine treue Ehefrau und eine heiratsfähige Tochter. Über einen wehrlosen, schwachen Bruder, der halb Mann ist und halb Pfaffe.

»Da haben Sie mir ja was Schönes aufgehalst«, sagte Brigadiere Poli mit gespielter Entrüstung. Grinsend nahm Bustianu Platz. »Es war ziemlich peinlich«, fuhr der Brigadiere fort.

»Aber notwendig«, ergänzte Bustianu. »Also, was hat Bartolomeo gesagt?«

»Nichts. Rein gar nichts. Natürlich war er die Höflichkeit in Person, wie immer. Fast ein wenig zu entgegenkommend, wenn Sie mich fragen. Kein Wort über mein Erscheinen. Hilfsbereit war er schon, aber von einer Zahlung an Piredda, von einer Abfindung wusste er nichts. Er wusste nicht einmal, dass Piredda nach Amerika ausgewandert ist. Um derartige Dinge habe sich immer nur sein Bruder, Gott hab ihn selig, gekümmert. Ganz abgesehen davon, dass der Hof in Galtellì seiner Schwägerin gehört.«

»Der Hof gehört *Donna* Dolores?«

»So ist es. Folglich fällt das Anwesen nicht in seine Kompetenz.«

»Der Hof in Galtellì gehört also nicht zum Betrieb der Familie Casùla Pes?«

»Scheint so. Offenbar kümmert sich Dolores Casùla Pes persönlich darum.«

»Das ist ja äußerst interessant«, kommentierte Bustianu.

»Obwohl es mir schwer fällt, das zu glauben. Als ob eine Frau sich um solche Dinge kümmern würde«, zweifelte Brigadiere Poli.

»Tja, Brigadiere, daran sieht man, dass Sie unsere Frauen einfach nicht kennen!«

Geredet wurde viel, nur um des Redens willen. Die meisten Leute überlegten gar nicht, was sie da sagten, wenn sie den Mund aufmachten. Damals, als es keine andere Zerstreuung gab. Was tat man? Man redete über dies und jenes. Und die Gerüchteküche funktionierte bestens, auch ohne Telefon. Da stellte jemand eine Behauptung auf, zum Beispiel, dass die und die einen Verehrer hatte, und im Handumdrehen war aus der Verehrung eine Schwangerschaft geworden.

Aber um bei der Wahrheit zu bleiben, ganz aus der Luft gegriffen war es nie, wenn die Leute redeten. Und in diesem Fall erst recht. Da es aber offensichtlich war, dass mit Cosmas Tod etwas nicht stimmte, wurde darüber fast gar nicht geredet. Man warf sich Blicke zu, hob die Augenbrauen, und damit war alles gesagt. Zum Beispiel, dass der Mord äußerst gelegen kam, genau zum richtigen Zeitpunkt, kurz bevor Bartolomeo Casùla Pes das dreißigste Lebensjahr vollendete. Sollte er bis dahin keine eigene Familie gegründet haben, so hatte er laut Testament nur Anspruch auf ein Jahreseinkommen, das ihm ein standesgemäßes Auskommen sicherte, mehr aber auch nicht. Mit dem hochherrschaftlichen Lebensstil wäre es dann vorbei gewesen. Schön und gut. Doch das gab schon zu denken. Ein ziemlich merkwürdiger Umstand, der nicht unbeachtet blieb. Obwohl es natürlich undenkbar schien, dass ein Heiliger wie Bartolomeo, der nur für seine Studien und die Kirchengemeinde lebte … der gewisse Orte nicht aufsuchte … der derart vergeistigt wirkte … Aber mit Geld kannte er sich aus, und wie. Wenn's um Geld ging, da war mit ihm nicht gut Kirschen essen. Da war er wie sein Vater Battista, der 1868 das Grundstück Sa Serra zu einem Spottpreis erworben und auch nach den Unruhen vom 26. April behalten hatte. Cosma dagegen war aus ganz anderem Holz, vierschrötig, nicht so gebildet, ein Mann vom Lande, auf dessen Wort man sich verlassen konnte. Als er starb, waren alle aufrichtig betroffen.

Na, und Donna Dolores erst, die spielte die große Dame und machte auf Herrin, als müssten alle nach ihrer Pfeife tanzen. Es hatte gar keinen Sinn, sie um irgendetwas zu bitten, denn sie verwies einen immer an Bartolomeo. Wie Blutsauger hingen die beiden am Geld, darin stand sie ihm in nichts nach. Es hieß, Dolores habe Battistas Testament einmal erwähnt, als der Schwager es abgelehnt hatte, für ein Grundstück vom Kloster Pacht zu verlangen, das auch nach Abschaffung der Toten Hand von der Kurie bewirtschaftet wurde. Denn mit den Priestern war Bartolomeo stets ein Herz und eine Seele, und auf ein Stück Land, das seit eh und je von der Kirche bewirtschaftet wurde, wollte er auf keinen Fall Anspruch erheben. Aber bei ihr kam er damit nicht durch, da war sie stur.

Mein Vater konnte die berühmte Episode in allen Einzelheiten erzählen: Ausgerechnet als sie die

Novene bei der Madonna delle Grazie verließen, habe Dolores sich umgedreht und zu ihrem Schwager gesagt, wenn er sich mit der Familiengründung nicht beeile, dann müsse er um sein täglich Brot bangen, nicht nur um sein Vermögen. Daraufhin sei Bartolomeo kreidebleich geworden und habe nichts erwidert. Dafür habe Cosma sich umgedreht und lachend gesagt, bis zum Ablauf der Frist habe Bartolomeo ja noch zwei Jahre Zeit, und mit dem Klosterland habe es keine Eile, denn Kaufinteressenten gebe es keine. Da also mit dem Land ohnehin kein Geschäft zu machen sei, könne man es auch der Kurie überlassen. Außerdem könne in zwei Jahren alles Mögliche geschehen; er selbst könne ja auch das Zeitliche segnen und dann falle ohnehin alles an Bartolomeo, ob er nun dreißig sei oder nicht, Familie hin, Familie her; schließlich habe er, Cosma, keine männlichen Erben. Da habe Donna Dolores sich bekreuzigt und gesagt: »Gott bewahre!« Für sie sei das keine Frage von Käufern, Geschäften oder Ähnlichem. Es sei doch absurd, wenn das Land rein gar nichts einbringe, bei allem was sie dafür ausgegeben hätten; bloß weil Bartolomeo sich weigere, von der Kirche wenigstens eine symbolische Pacht zu verlangen.

Mir schwirrte der Kopf! Es wollte mir einfach nicht gelingen, Ordnung in meine Gedanken zu bringen. Manchmal passierte mir das auch in der Kanzlei. Wenn ich eine Akte nicht sofort wegräumte, konnte es passieren, dass ich sie später nicht mehr wiederfand. Dann sagte meine Mutter, man müsse die Dinge in Ordnung bringen, solange man noch den Überblick habe. Wenn die Unordnung erst einmal einreiße, werde es irgendwann hoffnungslos, man bringe nie mehr Ordnung hinein und verliere eine Unmenge Zeit. Andererseits verliere man zwar einen Augenblick, wenn man ein Ding sofort an seinen Platz lege, habe später jedoch viel Zeit gespart, weil alles immer dort sei, wo man es suche …

Raimonda Gungui sah ihren Sohn an. »Ausgerechnet ich soll darüber Bescheid wissen, wie kommst du denn darauf? Als ob ich mir den Klatsch anhören würde!«

Bustianu, der damit beschäftigt war, das Lammragout mit Fenchel auf seinem Teller zu inspizieren, schaute auf. »Kommen sie nun gut miteinander aus oder nicht? Das wirst du doch wohl wissen.«

Raimonda zuckte die Schultern: »Soweit ich weiß, kommen sie sehr gut miteinander aus.«

»Und die Sache mit dem Klosterland?«

»Ich weiß nur, was geredet wird. Aber darauf ist kein Verlass. Sie haben das Grundstück gekauft und den Priestern zur Nutzung überlassen, und zwar umsonst, wie Bartolomeo es wollte.«

»Ja, aber angeblich wollte er es überhaupt nicht kaufen.«

»Also hör mal, weißt du, was ich glaube? Das ist alles Unsinn! Was den Kauf betrifft, da waren sie sich einig. Das Problem war nur, dass Bartolomeo das Land der Kurie überlassen wollte, während es für Dolores undenkbar war, den Priestern das Land zu geben, ohne einen Pfennig dabei zu verdienen! Das war es! Kaufen oder nicht kaufen, das war gar nicht das Problem.«

»Und Cosma?«

»Ach der, die gute Seele, der tat alles, was seine Frau wollte; und die beriet sich mit dem Schwager.«

»Also ist es möglich, dass Cosma gar nichts gegen eine Heirat zwischen Sisinnia und Zenobi Sanna einzuwenden hatte.«

Raimonda setzte sich auf den Stuhl ihm gegenüber. »Bustianu«, sagte sie eindringlich. »Lass endlich die Finger von der Geschichte. Der Junge hat sich selbst ruiniert. Er hätte auf die hören sollen, die besser Bescheid wussten als er. Jetzt ist es egal, ob er schuldig ist oder nicht.«

»Nein, das ist nicht egal! Das ist überhaupt nicht egal!« Bustianus Stimme überschlug sich fast.

»Schrei mich nicht an!« schrie Raimonda. »Ich habe dir gesagt, was ich davon halte. Mach doch, was du willst. Vergeude ruhig weiter deine Zeit mit dieser Sache. Und iss deinen Teller leer!«

Bustianu gab nicht auf, er konnte einfach nicht. Er konnte doch nicht klein beigeben und sagen: Gut, macht nur Jagd auf den Jungen, setzt ruhig ein Kopfgeld aus und werft ihn den Denunzianten zum Fraß vor. Und Schwamm drüber. Wo sich doch ohnehin keiner für die Wahrheit interessierte. Das wäre das Einfachste gewesen und den besseren Kreisen kam man auch nicht ins Gehege. Schließlich gehörten die Casùla Pes nicht zu den Leuten, von denen man ohne weiteres Erklärungen verlangen konnte. Die gaben doch keine Erklärungen ab. Die machten einfach, was sie wollten, und damit basta. Wenn die etwas beschlossen, dann war es beschlossen, basta. Staatsgewalt und Justiz zählten da nicht.

Ich konnte einfach nicht aufgeben. Ausgeschlossen. Immerhin gab es genügend Anhaltspunkte für eine richtige Ermittlung. Aber offenbar interessierte das niemanden. Lieber hielt man sich an die Unsitte und sprang mit einem mutmaßlichen Täter um, als würde das Wort »mutmaßlich« gar nicht existieren.

Fragen über Fragen: Wo war Bartolomeo, als sein Bruder ermordet wurde? Und *Donna* Dolores, war sie sich mit dem Schwager einig? Es wäre doch nur normal gewesen, wenn die beiden die Sache mit dem Testament unter sich ausgemacht hätten. Es hätte mich nicht einmal gewundert, wenn sie die Sache mit den Lämmern gemeinsam ausgeheckt hätten. Wo war *Donna* Dolores, als ihr Mann starb? Wer hat die Fahrkarte nach Amerika und die Abfindung für Luigi Piredda bezahlt?

Da haben wir es wieder, sagte ich mir, das ist die Kehrseite des Banditenwesens. Das kommt dabei heraus, wenn man alles auf eine allzu einfache Formel bringt. An jedem anderen Ort dieser Welt wären meine Fragen reine Routine gewesen. Aber hier bei uns gibt es die Banditen, sagte ich mir, die echten und die mutmaßlichen.

Mindestens drei Personen kamen für den Mord an Cosma Casùla Pes als Täter in Frage.

Der Bruder, von dem wir nicht wussten, wo er sich an jenem Tag aufgehalten, den aber auch niemand danach gefragt hatte.

Donna Dolores, jawohl, meine Herrschaften. Auch sie hätte ein Motiv gehabt. Ihr Ehemann liebte sie zwar, aber er war zu anspruchslos, nicht tatkräftig genug, nicht entschlossen genug, Vermögen anzuhäufen. Es hätte mich gar nicht überrascht, wenn sie auf ihren Mann geschossen hätte. In beiden Fällen würde sich erklären, warum Cosma keinen Verdacht geschöpft und zugelassen hatte, dass der Mörder das Gewehr an sich nahm. Cosma hatte nicht geschlafen, als er ermordet wurde! Dafür würde ich mein Haus verwetten. Er war wach und hat gestanden. Er hat genau gesehen, wer ihn umgebracht hat, wer das Gewehr genommen hat, das am Olivenbaum lehnte. Und er hat nichts unternommen. Überhaupt nichts. Warum? Weil er seinen Mörder kannte …

Aber ich sprach von drei Verdächtigen: Erstens Bartolomeo, zweitens Donna Dolores, und dann war da noch Luigi Piredda. Nur, wie sollte man den noch erwischen? Wer weiß, wo der sich inzwischen aufhielt. In Amerika … Vielleicht war das ja sein Auftrag, der Auftrag, für den man ihn bezahlt hatte, meine ich.

Es war nicht einmal auszuschließen, dass der Mord an Cosma Casùla Pes gar nichts mit der Beziehung zwischen Sisinnia und Zenobi zu tun hatte.

Die Dinge hatten sich so entwickelt, dass alle zufrieden waren. Außer Zenobi, außer Sisinnia, außer Tzia Rosina. Außer mir.

Das Abschiedsfest für den Königlichen Staatsanwalt im Hause Mastino hatte nicht gut begonnen. Der Gattin des Bürgermeisters von Oliena war schlecht geworden. Eingezwängt in kontinentale Kleider, die ihre üppigen Hüften bändigen sollten, war sie, ein paar Minuten, nachdem sie am Arm des Gatten ihren Einzug gehalten hatte, in Ohnmacht gefallen. Vielleicht lag es an der Reise, am Geschaukel der Kalesche, die sie an jenem kalten Abend des 16. Januar 1899 über viele Spitzkehren nach Nùoro gebracht hatte. Es folgte das übliche Durcheinander, Damen, die unfehlbare Ratschläge gaben, Ärzte, die der Patientin in der Reihenfolge ihres Ansehens den Puls fühlten, Bedienstete, die mit feuchten Leinentüchern herbeieilten.

Bustianu hatte sich ein hübsch bequemes Sesselchen gesucht und verfolgte das Geschehen lieber aus der Ferne. In dem kleinen Salon, in den er sich zurückgezogen hatte, herrschte reges Treiben; die Tafel für das Abendessen wurde gedeckt. Aus Cagliari hatte man livrierte Diener, einen renommierten Küchenchef sowie eine Sopranistin kommen lassen. Einen Salon weiter, wo getanzt werden sollte, hatte sich die Kapelle – kaum mehr als ein Streichquartett – postiert und dudelte nun die neuesten Wiener Walzer.

Alle waren gekommen. Die Herren Notare: Salvatore Maccioni und Frh. Salvatore Satta Carroni. Frh. stand für Freiherr. Über die Ursprünge dieses Freiherrentitels hätte man einen Roman schreiben können …

Alles, was am Gericht von Nùoro Rang und Namen hatte, war erschienen: Luigi Are, Salvatore Satta Marchi, Giuseppe Pinna und natürlich der Hausherr, Avvocato Francesco Mastino.

Des weiteren waren anwesend der Ingenieur Luigi Mura, der Erzpriester Don Podda sowie die Collaris, die Piraris, die Siottos, die Galisais …

Es folgten die reichen Grundbesitzer, die nicht auf die traditionelle Kleidung verzichtet hatten und durch rustikale Eleganz glänzten.

Dann die Bürgermeister von Orgòsolo, Bitti, Mamoiada, Nùoro und der von Oliena, von dem bereits anlässlich des Unwohlseins seiner Gattin die Rede war.

Brigadiere Poli in Paradeuniform stand bei den Repräsentanten der Carabinieri-Posten aus der Umgebung und aus Cagliari.

Der Königliche Staatsanwalt und seine Gemahlin trafen auf die Sekunde pünktlich mit zwanzig Minuten Verspätung ein.

In den festlichen Räumlichkeiten, die eigens für den Empfang durch ein hochmodernes Lampenarrangement illuminiert wurden, sah man hier und da Schleier, Federn und sogar Fächer flattern. Üppige *silhouettes* wurden von Kleidern *à la dernière mode parisienne* gemartert, die sich zu graziösen Puffärmeln und großzügigen *decolletés* auswuchsen.

»Ach, hier sind Sie«, sagte Brigadiere Poli und reichte Bustianu ein Glas mit strohgelber, perlender Flüssigkeit.

»Tja«, entgegnete dieser, wie um zu sagen, dass es keinen Sinn hatte zu wiederholen, was auf der Hand lag.

»Sie sehen nicht aus, als würden Sie sich besonders amüsieren«, fuhr der Brigadiere fort.

»In der Tat, ich amüsiere mich nicht«, bestätigte Bustianu.

»Alle suchen Sie, besonders die Damen, ich glaube, man will Sie bitten, einige Ihrer Gedichte vorzutragen.«

»In diesem Fall ziehe ich es vor, dass man mich nicht findet. Ich tauche unter. Sagen Sie einfach, Sie hätten mich nicht gefunden.«

»Geht nicht«, wehrte der Brigadiere ab. »Die Hausherrin würde mir das nie verzeihen und außerdem habe ich einen Eid geleistet, niemals zu lügen.«

»Dann sagen Sie, Sie hätten mich zwar gefunden, ich hätte mich aber nicht verhaften lassen!«

»In dem Fall wird man mich zwingen, eine Fahndung einzuleiten und vielleicht sogar eine Belohnung auf Ihren Kopf auszusetzen …«

In diesem Augenblick kam die Hausherrin hinzu. »Hör mal, Bustianu, heute kommst du mir nicht davon, auf keinen Fall, lass dich doch nicht immer bitten, ein paar Zeilen musst du uns vortragen. Aber bloß nicht aus den *Rebellischen Versen,* das verschreckt die Gäste, lieber etwas Hübsches, Gefühlvolles, das kannst du doch so gut …«

»… Heute Abend nicht!« unterbrach Bustianu zwar nicht gerade unfreundlich, aber in einem Ton, der keinen Widerspruch duldete. »Ich will dir nicht das Fest verderben«, fügte er hinzu, wobei er sich bei der Hausherrin einhängte. »Sonst grüßt dein Mann mich nicht mehr. Gut, der Wein …«, schmeichelte er dann. »Wann tritt die Sängerin auf? … Aus Cagliari ist sie! … Ich kann es kaum erwarten, sie zu hören …«

Brigadiere Poli lächelte in sich hinein, als er Bustianu und Signora Mastino, die nicht zu widersprechen wagte, dem Tanzsaal zustreben sah.

»Die Identität!« sagte der Königliche Staatsanwalt höchstpersönlich und biss in eine Salzkartoffel. »Die Identität dieses Volkes, das so arbeitsam ist, so unbefangen in seiner bäuerlichen Schlichtheit, und doch, wenn ich so sagen darf, so empfindlich! Auf dieser Insel gibt es keinen Fleck, wo dieses Wort nicht als Deckmäntelchen für jedwede Schandtat herhalten muss. Ein Bösewicht verübt einen Straßenraub? Das gehört nun mal zu unserer Identität. Ein rebellischer Jüngling lehnt sich gegen die Staatsgewalt auf? Das gehört nun mal zu unserer Identität …« Es folgte ein Schweigen, das ohne das Klappern des Bestecks peinlich gewesen wäre. »Ich habe mich stets geweigert, diese Tendenzen gutzuheißen«, fuhr der Staatsanwalt fort. »Zum Donnerwetter, eine Nation ist eine Nation. Da muss man eben auch mal Opfer bringen! Fortschritt und Moderne haben ihren Preis! Und, wenn Sie gestatten …«, fügte er, zu Bustianu gewandt, hinzu, »wenn Sie gestatten, häufig sehen wir uns mit Bräuchen konfrontiert, die fast mittelalterlich anmuten und das ist noch gnädig ausgedrückt, denn eigentlich würde ich sie eher als primitiv bezeichnen.«

Bustianu starrte auf die Salzkartoffeln, die eine Scheibe Pfefferfilet einrahmten. Endlich spießte er eine auf, als wäre der Entschluss, sie zu essen, der wichtigste seines Lebens. »Primitiv«, sagte er dann und legte die Gabel auf den Tellerrand. »So primitiv, dass diese Bräuche in vielen ›hochmodernen‹ anthropologischen Untersuchungen noch immer als vorbildlich bezeichnet werden.«

»Das sind *boutades*«, unterbrach ihn der Königliche Staatsanwalt. »Sie reden da über rein akademische Fragen, die mit der Verwaltung eines Staates nicht das Geringste zu tun haben!«

»Ich rede von der freien Nutzung der Domänen, die heute ganz modern verweigert wird. Ich rede von einer Modernität, die Großgrundbesitz geschaffen hat, wo es keinen gab, Exzellenz. Wir mögen vielleicht primitiv gewesen sein, aber das Mittelalter habt ihr uns gebracht!«

»Mittelalter, Mittelalter … Was ist denn eigentlich am Mittelalter so schrecklich …« wandte sich Kanonikus Podda an die Gattin des Bürgermeisters von Bitti, die neben ihm saß.

»Ach, die sozialistischen Theorien: Alles gehört allen! Auf diese Weise braucht sich keiner verantwortlich zu fühlen.« Der Ton des Staatsanwaltes wurde bissiger. »Und die Identität ist gerettet. Darum geht es Euch doch, oder?«

»Wenn Sie erlauben, das hat er nicht gemeint«, mischte sich der Hausherr ein. »Bustianu ist ein bisschen schroff, aber er hat nicht ganz Unrecht: Wie der Staat beschaffen sein soll, darüber müssten alle gemeinsam beraten. Was für die Sizilianer gut ist, muss nicht unbedingt gut für die Sarden sein.«

»Auch in Bezug auf die Identität sind wir nicht einer Meinung, Exzellenz«, stellte Bustianu klar. »Es mag Sie überraschen, aber die Idee einer statischen Identität, die Sie mir offenbar unterstellen, halte ich für einen Irrtum. Ich glaube, dass Identität nichts Starres ist, sie muss sich entwickeln, aus sich selbst heraus Mittel und Wege finden, um nicht unterzugehen.«

»Und den Nutzen haben dann wieder jene, die lieber zum Grundsatz der Vergeltung und anderen atavistischen Normen zurück wollen, statt sich an das herrschende Recht zu halten, das für alle gleich ist!« Der Sarkasmus des Staatsanwaltes war nicht mehr zu überhören.

»Es lässt sich leider nicht leugnen«, räusperte sich der Bürgermeister von Bitti, »dass wir große Mühe haben, die neuen Vorschriften durchzusetzen, weil sie für die Leute hier oft unverständlich sind.«

»Ich weiß schon, worauf ihr hinaus wollt ...«, stöhnte der Staatsanwalt. »Ihr wollt euch die Rosinen aus dem Kuchen picken und den Rest stehenlassen! Ihr wollt Privilegien ohne Opfer.«

»Wir wollen einen Beitrag leisten«, sagte Bustianu kurz angebunden.

»Müssen wir denn weiter über derart langweilige Dinge reden?« mischte sich Signora Mastino ein. »Wir sind doch hier, um zu feiern, und ihr langweilt uns schon wieder mit diesen unmöglichen Diskussionen. Ich schlage einen Trinkspruch vor«, sagte sie und erhob das Glas …

»Wie gewöhnlich kannst du deine Zunge nicht im Zaum halten, Bustianu!« tadelte ihn Francesco Mastino. Sie saßen etwas abseits, eine Tasse mit dampfendem Kaffee vor sich.

Am anderen Ende des Salons unterhielt der Staatsanwalt ein ausschließlich männliches Publikum, das sich in eine dichte Rauchwolke gehüllt hatte, mit amüsanten Geschichten. »Meine Frau wollte auch mal schießen«, sagte er gerade. »Sie nahm also das Gewehr, doch als der Schuss losging, wurde sie nach hinten geschleudert wie ein Grashalm. Frauen …«, kommentierte er. Jemand lachte.

Bustianu sprang auf, suchte nach einem Platz, auf dem er seine Tasse abstellen konnte. »Ich muss mit Brigadiere Poli sprechen!«

Francesco Mastino sah ihn verdutzt an.

»Das ist es! Das ist es! Wieso bin ich nicht schon längst darauf gekommen, verdammt! Ich muss den Brigadiere sprechen!« fuhr Bustianu fort, ohne auf Mastino zu achten.

»Immer noch die alte Geschichte!« rief Francesco Mastino aus und nötigte Bustianu, seinen prüfenden Blick zu erwidern.

Mastino behauptete, ich sei kindisch, die ganze Angelegenheit sei zur fixen Idee geworden. Und er hatte Recht. Dabei hätte er mich doch am ehesten verstehen müssen. Denn er wusste, wie entschlossen ich war, vermeintliche Gewissheiten in Zweifel zu ziehen. Schließlich hatte er oft genug genauso gehandelt. Ich erinnerte ihn an den Fall des Schäfers aus Ovodda, dem man vorwarf, an der Entführung des Doktors *** beteiligt gewesen zu sein. Damals hatte er ja auch nicht kapituliert, war trotz allem standhaft geblieben und hatte schließlich – womit keiner gerechnet hätte – einen Freispruch erwirkt.

Jetzt war alles klar, vollkommen klar. Wieso war ich bloß nicht früher darauf gekommen? Der Schuss! Sie hatte geschossen! Das erklärte alles.

In diesem Augenblick hätte ich jeden Vorwurf hingenommen, sogar die sarkastische Bemerkung, unter der Asche schwele wohl immer noch ein wenig Glut und diese Glut habe womöglich Vor- und Nachnamen: Zenobi Sanna.

Sei's drum, ich bin der Erste, der das zugibt. Die Monate vergingen. Die Dinge nahmen ihren vorherbestimmten Lauf. Doch ich gab mich nicht geschlagen.

Und wer glaubte, in diesem Winkel des Königreichs sei es damit getan, kurzen Prozess zu machen, Hauptsache, überhaupt einen Prozess, der irrte.

Mag sein, dass wir zu starrköpfig sind, dass wir zu sehr am Althergebrachten hängen und einfach nicht einlenken wollen, aber dumm sind wir nicht. Nein, dumm sind wir nicht!

Und weit weniger unzivilisiert, als die anderen glauben!

Die Leute redeten. Man erzählte sich die tollsten Geschichten. Je mehr Zeit verging, desto höher wurde die Belohnung auf Zenobis Kopf. Überall wurde er gesehen. Wollte man den Gerüchten glauben, machte er mit allen Banden gemeinsame Sache. Mit den schlimmsten Verbrechern. Bisweilen wurde er gleichzeitig an zwei verschiedenen Orten gesehen. Wie Billy the Kid. Der Schöne aus Nùoro. Der legendäre Brigant, Engel und Ungeheuer in einem. Nur wenige Stunden nachdem er in der Gegend von Orune angezeigt worden war, wollten andere ihn zu Pferde in der Gegend von Cuglieri gesehen haben. Man erzählte sich, er sei mit Derosas, diesem Verbrecher, im Bunde und vieles andere mehr. Er sei ein so guter Schütze, dass er sage und schreibe zehn Leute erledigt habe – ohne gesehen zu werden, versteht sich. Ein so guter Schütze, dass sogar Corbeddu aus Oliena den Hut zog, sobald sein Name fiel.

Ganz zu schweigen von seinen amourösen Abenteuern. Zehn von zehn Frauen hätten ohne Zögern ihr Leben für ihn gegeben, wenn man es von ihnen verlangt hätte.

Eine Legende. Die schlimmste aller Krankheiten. Ein starres Korsett für einen, der nichts weiter wollte als heiraten und sein Leben leben.

»Was sie vorhatten, ging über ihre Kräfte, soviel steht fest. Kein Wunder bei dieser Mutter, die ihn immer wie einen Prinzen behandelt hat, wo sie doch einfache Leute sind. Anständige Leute, aber einfach«, sagte Raimonda, während sie die Wäsche fürs Plätten einfeuchtete.

Es war Februar, die Nachmittage draußen wurden milder.

Bustianu hob den Kopf von dem Buch, in dem er gerade las. Er sah zu seiner Mutter und kräuselte die Oberlippe. »Kein Stand, keine Gerechtigkeit«, sagte er und klappte das Buch über dem Zeigefinger zu, um später die Seite wiederzufinden.

Raimonda seufzte lang und tief. Sie wagte nicht, ihn anzuschauen. Sie war in Gedanken versunken. »Du willst die Welt verändern«, sagte sie nachdenklich. »Aber am Ende ist es die Welt, die dich verändert: Die Dinge sind nun mal, wie sie sind.«

»Dann könnte man sich auch die Mühe sparen, in dieser Welt zu leben«, kommentierte Bustianu und nahm die Lektüre wieder auf. Es folgten Minuten der Stille, die nur durch das hartnäckige Ticken der Pendeluhr im Eingang unterbrochen wurde. »Manchmal frage ich mich«, sagte Raimonda irgendwann, »was in deinem Kopf eigentlich vorgeht. Ich meine, es ist völlig in Ordnung, sich für einen Mandanten einzusetzen, der mitarbeitet, aber dieser Zenobi Sanna, bei dem glaube ich fast, der will überhaupt nicht, dass man ihn verteidigt! Der tut doch gar nichts, nicht mal blicken lässt der sich!«

»Ich bin überzeugt, dass die Dinge sich ganz

anders abgespielt haben. Aber offenbar will kein Mensch in dieser Sache richtig ermitteln! Und wenn ich das schon meine, kann man sich leicht ausmalen, was Zenobi denkt. Deshalb stellt er sich nicht. Vielleicht, wenn er die Garantie hätte …«

»Garantie! Du redest wie dein Vater! Damit handelt man sich nur Scherereien ein. Was glaubst du denn, warum die Leute nicht reden wollen? Glaubst du, die wüssten nicht, was vor sich geht? Hier geht es um Geld, um viel Geld! Besitz, Ländereien, Vieh, darum geht es und um nichts anderes, verstanden?«

»Sie hat geschossen …«

»… Bei der Seele deines Vaters, Gott hab ihn selig! Ich will davon nichts mehr hören!«

»Sie und niemand sonst! Es gibt keine andere Erklärung. Sie ist ihm nach Marreri gefolgt und hat auf ihn geschossen. Deshalb hat er sich nicht gewehrt.«

»Sei still, halt den Mund! Ich will davon nichts mehr hören!«

Tzia Rosina habe einfach nicht locker gelassen, erzählte mein Vater, und schließlich sei es ihr gelungen, Zenobi davon zu überzeugen, dass er mit Bustianu sprechen müsse. Alle Register habe die Ärmste gezogen und es schließlich sogar mit Erpressung versucht. Wenn er nicht auf sie höre, habe sie gesagt, werde sie ihn aus dem Grab heraus verfluchen, denn dorthin werde sein Dickschädel sie noch bringen. Und der Sohn, durch die Flucht verroht, über die Tatsache verbittert, wie ein Tier gehetzt zu werden, durch das grausame Leben des Gesuchten gealtert, habe eine warme Mahlzeit verlangt und gesagt: In Gottes Namen, er werde sich mit diesem ach so tüchtigen Avvocato treffen. Auch wenn er keineswegs sicher sei, dass ein Rechtsanwalt überhaupt ein tüchtiger Mensch sein könne.

Da habe die Mutter bei Gott und allen Heiligen im Paradies geschworen, dass sie ihm niemals in den Rücken fallen werde, für wen er sie denn halte? Für eine, die ihr eigen Fleisch und Blut verrate? Dann habe sie still geweint, wie nur Mütter um ihre Kinder weinen können.

In Ordnung, habe Zenobi gesagt. Hauptsache, diese Quälerei mit dem Avvocato nehme ein Ende! Schlimmer könne es auch nicht werden, wenn man ihm einen Mord anhängte.

Darauf habe Tzia Rosina Käsesuppe für ihn aufgewärmt, einen Zuber heißes Wasser hingestellt, damit er sich waschen konnte, und Hemden und frische Unterwäsche gebügelt.

Kurz bevor sie sich von ihm verabschiedete, habe sie nach dem Wann und Wo gefragt. Und bevor Zenobi einige Stunden vor Sonnenaufgang durch die Tür, die auf den Gemüsegarten ging, verschwunden sei, habe er gesagt, er werde ihr Bescheid geben. Da habe sie ihn fest an sich gedrückt und gesagt, er habe es versprochen. Und während er das Bündel mit Brotfladen und Schafskäse geschultert habe, habe er gesagt, er tue es nur für sie.

Auge in Auge standen sie sich gegenüber. Keine zwei Schritt von seinem Haus entfernt war er plötzlich aufgetaucht. Um zehn Uhr abends. Der Himmel war pechschwarz und mondlos.

»Gehen wir an einen sicheren Ort«, sagte Zenobi und ging voran.

Bustianu rührte sich nicht. In der Dunkelheit konnte er ihn kaum sehen. »Mein Haus ist ein sicherer Ort«, sagte er. »Wo Ihr Euch schon bis zum Eingang bemüht habt.«

»Aber Ihr seid nicht allein«, sagte der junge Mann.

Bustianu zog die Uhr aus der Westentasche. »Um diese Zeit bin ich so gut wie allein. Meine Mutter schläft im anderen Teil des Hauses, und die Magd wohnt nicht bei uns«, sagte er. »Gehen wir in mein Arbeitszimmer. Dort wird niemand Euch vermuten.«

Zenobi sah ihn eine Weile an, dann lächelte er. Seine Haare, Augen und Zähne leuchteten in der Dunkelheit. »Verzeiht mein Misstrauen«, sagte er, während er das Gewehr über die Schulter hängte. »Ich tue es nur für meine Mutter«, erklärte er und ging auf den Eingang zu.

Im Arbeitszimmer des Avvocato blickte er sich um, als erwartete er einen Hinterhalt.

»Hier besteht keine Gefahr für Euch«, sagte Bustianu noch einmal, während er die Tischlampe anzündete.

Zenobi stellte das Gewehr in eine Ecke, in der sich Akten türmten, und blieb vor dem Schreibtisch stehen.

»Setzt Euch«, sagte Bustianu, wobei er auf einen Sessel deutete. Dann bückte er sich und kramte in einem kleinen Möbel, das neben ihm stand. Als er wieder zum Vorschein kam, warf Zenobi einen raschen Blick zum Karabiner, der griffbereit an der Wand lehnte. »Ich muss hier irgendwo etwas zu trinken haben, ach hier: Vernaccia«, sagte Bustianu und hielt die Flasche hoch. Dann erst richtete er sich hinter dem Schreibtisch auf.

Zenobi entspannte sich. »Ich traue keinem mehr«, lächelte er entschuldigend. Da begriff Bustianu die Macht dieses Lächelns, die Macht dieses fein geschnittenen, vollkommenen Gesichts. Er ertappte sich bei dem Gedanken, wie sehr sich Menschen, die sich lieben, mit der Zeit ähnlich werden, und er begann, in Zenobis Zügen nach der Vollkommenheit von Sisinnias Zügen zu forschen. »Irgendwem müsst Ihr Euch anvertrauen, wenn Ihr Euch aus dieser Lage befreien wollt.«

Zenobi schüttelte den Kopf. »Was geschehen ist, ist geschehen, Avvocato! Es gibt keine Hoffnung mehr.«

»Natürlich gibt es Hoffnung, und wie! Die Sache mit den Lämmern steht nämlich auf schwachen Füßen.«

»Ach, das ...«, kommentierte Zenobi achselzuckend.

»Ihr dürft das nicht unterschätzen, diese Angelegenheit ist wichtig. Schließlich seid Ihr für eine Tat verurteilt worden, die Ihr nicht begangen habt. Es gibt eine Photographie, die das beweist.«

Zenobi setzte sich. »Hat er das Photo nicht mitgenommen?« fragte er.

»Nein, bevor er fortging, hat Luigi Piredda es seiner Mutter gegeben, oder aber sie hat es erst bekommen, als er schon fort war. Was zählt ist, dass wir es jetzt haben.«

»Dann haben sie den Photographen also umsonst ermordet.«

»Für nichts und wieder nichts. Auf dieser Photographie steht ein Datum: 28. Dezember. Ich möchte wissen, ob das Datum stimmt.«

»Es stimmt. Aber passt auf, sie werden sagen, dass man ein Datum jederzeit hinzufügen kann ...«

»Das könnten sie tatsächlich sagen, ich habe bereits darüber nachgedacht. Aber es gibt auch eine laufende Nummer.«

»Ich weiß von der Nummer, aber auch da können sie sagen, dass ich die dazugeschrieben habe. Bei dem Brand ist ja alles zerstört worden.«

»Auch daran habe ich bereits gedacht. Aber sie können nicht behaupten, die Aufnahme sei nicht in Galtellì entstanden.«

Wieder deutete Zenobi ein Lächeln an. »Na und?« sagte er. »In Galtellì war ich mindestens einmal pro Monat. Wie Ihr seht, haben wir nichts in der Hand, nicht das Geringste«, fügte er nach einer Weile hinzu.

»Brigadiere Poli ist da anderer Meinung. Aber …«

»… Aber ihm sind Hände und Füße gebunden, Avvocato. Außerdem hat er so gut wie nichts zu melden.«

Bustianu musste zugeben, dass Zenobi Recht hatte. »Ja, aber das darf uns nicht entmutigen, wir dürfen uns nicht beirren lassen.«

»Uns allen sind die Hände gebunden, Avvocato«, kommentierte Zenobi bitter. »Wenn ich sagen könnte, was ich weiß …«

»Mir könnt Ihr es sagen. Vielleicht kommen wir dann der Sache auf den Grund.«

Zenobi ließ sich gegen die Sessellehne fallen und schloss die Augen, als wollte er ein unerwünschtes Bild verscheuchen. »In diese Sache sind Personen verwickelt, die ich nicht nennen will und kann.«

»Sisinnia?«

Zenobi nickte kaum wahrnehmbar. »Sie darf da nicht mit hineingezogen werden, eher stelle ich mich, eher lasse ich mich umbringen.«

»Lasst uns über den Nachmittag sprechen, als Cosma Casùla Pes ermordet wurde.«

Zenobi rieb sich über Hals und Nacken. »Ich war dort«, sagte er nur.

Bustianu fuhr auf und beugte sich mit dem ganzen Oberkörper über den Schreibtisch. »Wo, dort?« fragte er und vergaß die Flasche Vernaccia abzustellen.

»In Marreri, um Sisinnia zu sehen«, bestätigte Zenobi. »Wir haben den Schuss gehört. Aber wir dachten, Cosma habe einen Hasen oder ein Rebhuhn erwischt. Und dann …«

»Und dann?« fragte Bustianu und stellte die Flasche ab.

»… Sisinnia bekam Angst, wir sind zu dem alten Olivenbaum gegangen und haben gesehen, was es zu sehen gab.«

»Wen habt Ihr gesehen, Zenobi!«

»Ich kann nicht«, sagte dieser nur. »Ihr wisst genau, dass ich das nicht sagen kann …«

»*Donna* Dolores?« fragte Bustianu mit zitternden Lippen.

Zenobi schüttelte beharrlich den Kopf.

»Vertraut mir! Wenn ich etwas für Euch und Sisinnia tun soll, müsst Ihr reden!«

»Die Herrschaft«, kapitulierte Zenobi.

»Bartolomeo?« fuhr Bustianu auf.

»Bartolomeo und Donna Dolores«, bestätigte Zenobi. »Das Ganze ist eine Familienangelegenheit, Avvocato. Die Lösung liegt im Hause Casùla Pes. Cosma hatte eigene Vorstellungen. Er war wütend auf den Bruder. Ständig gab es Streit um ein bestimmtes Stück Land …«

»Das Klosterland.«

»Das Klosterland. Cosma wollte es Sisinnia als Mitgift geben. Aber Bartolomeo war nicht einverstanden.«

»Und *Donna* Dolores?«

»Oh, die sagt nie etwas, die handelt. Bei der weiß man nie, was sie denkt. Ihr könnt sie ja fragen, wo sie an diesem Nachmittag gewesen ist. Die beiden haben sich abgesprochen, Avvocato, und ich bin ein toter Mann.«

»Abgesprochen. Warum? Ich verstehe das nicht, warum sollte *Donna* Dolores ihren Mann ermorden lassen? Oder … ihn selbst ermorden?«

»Zuzutrauen wäre es ihr.« Zenobi lachte auf. »Und ob!«

»So hat es sich also abgespielt, Eurer Meinung nach?«

»Ich weiß es nicht, ich rede nicht über Dinge, von denen ich nichts weiß: Ich weiß nur, dass die beiden an dem Nachmittag dort waren. Und dass Donna Dolores ihrem Schwager den Mund wässrig gemacht hat, falls Ihr versteht, was ich meine, Avvocato.«

»Ihr habt Euch durchaus klar ausgedrückt, ich frage mich nur, warum Ihr mir das nicht früher gesagt habt.«

»Ihr wisst doch warum, ich will nicht Schuld sein, wenn Sisinnias Familie zerstört wird, lieber gehe ich ins Gefängnis … Sisinnia hat nichts gesehen, sie hatte Mühe, mir zu folgen.«

»Wir werden bald sehen, wie es sich wirklich abgespielt hat.«

»Was habt Ihr vor?«

»Ich will sie aus ihrem Bau locken, aber dazu muss man erst ein bisschen darin herumstochern, versteht Ihr?«

»Donna Dolores?«

»Höchstpersönlich. Ich kümmere mich um Don Bartolomeo. Ihr werdet sehen, ich habe da eine Idee, und wenn alles klappt, dann wird er sich schon regen. Habt Ihr Hunger? Kommt mit in die Küche, vielleicht findet sich noch etwas …«

»Nein, danke. Ich habe keinen Hunger. Warum tut Ihr das?«

»Was?«

»Warum tut Ihr all das? Was habt Ihr davon?«

»Nichts, das ist mein Beruf …«

Bustianu war ein Fuchs, er hatte einen sehr schlauen Plan. Wenn es ihm gelänge, so dachte er, das Interessengeflecht zu zerstören, das Don Bartolomeo und Donna Dolores verband, dann würden sie sich vielleicht gegenseitig zerfleischen. Durch Cosmas Tod war vieles geregelt. Das Erbe zum Beispiel war nicht mehr an jene berühmte Dreißig-Jahr-Klausel gebunden. Donna Dolores war nicht dumm. Ihr war nicht entgangen, dass Don Bartolomeo – was auch immer geschehen mochte – einen Trick gefunden hätte, um nicht auf seinen Anteil verzichten zu müssen. Vor allem aber wusste sie, dass ihr Mann es nicht übers Herz gebracht hätte, dem Bruder seinen Anteil vorzuenthalten, und deshalb den Besitz in zwei Teile zerschlagen hätte. Sie war die Habgier in Person.

Warum sollte sie teilen, was sie ganz haben konnte? Wenn sie nach Ablauf der Trauerzeit von einem Bruder zum anderen wechselte, löste sich das Problem von ganz allein. Trotzdem hatte sie Fehler gemacht: Der erste war zu glauben, Bartolomeo sei leichter zu lenken als sein Bruder, der arme Cosma. Der zweite war, die Gefühle zwischen Zenobi und Sisinnia zu unterschätzen. Das war der größte Fehler, denn der Versuch, die beiden auseinander zu bringen, hatte ihre Bindung nur noch gefestigt.

Kurz gesagt, Bustianus Plan lief darauf hinaus, zwischen Donna Dolores und Don Bartolomeo Misstrauen zu säen und sie dadurch aus der Reserve zu locken.

So tat er etwas, das im Grunde verrückt war, ihm in diesem Augenblick aber das einzig Sinnvolle schien. Er schrieb einen anonymen Brief an sich selbst. Von den vielen anonymen Briefen, mit denen er bedacht worden war, wählte er einen aus, den er für geeignet hielt, und kopierte ihn. Fast die ganze Nacht verwandte er darauf, Buchstabe für Buchstabe auszuschneiden und aufzukleben:

Schaut Euch die ehrenwerte Donna Dolores Casùla Pes einmal genauer an, sie spielt die Heilige, dabei ist sie der Teufel in Person. Bei meiner Ehre, sie war in Marreri, als Don Cosma starb. Ein Freund.

Bustianu las den Brief noch einmal durch, er klang plausibel und Unheil konnte er nicht anrichten. Er würde ein bisschen Verwirrung stiften, der Staatsgewalt Gelegenheit geben, aktiv zu werden, dem Hinweis nachzugehen und die Betroffene zu befragen. Ihre Unantastbarkeit würde in Frage gestellt, sie wäre gezwungen, ein Alibi vorzuweisen. Vorausgesetzt, sie hatte eines.

Als Bustianu fertig war, wusch er sich, zog sich an, steckte den Brief ein und begab sich zeitig am Morgen zur Kaserne der Carabinieri.

»Klingt plausibel, das muss ich zugeben. Aber eine Hypothese aufzustellen, ist das eine, sie zu beweisen etwas ganz anderes. Ihr wisst doch, eine anonyme Anzeige führt zu nichts.« Brigadiere Poli sah müde aus.

»Nur eine Überprüfung, um Euer Gewissen zu beruhigen, Brigadiere, Ihr wollt Euch doch später nicht vorwerfen müssen, Ihr hättet nicht alles Notwendige getan!« Bustianu beugte sich etwas nach vorn. Leise fuhr er fort: »Die Sache ist klar, Brigadiere«, sagte er eindringlich. »Der Rückstoß, Brigadiere. Sie hat geschossen! Sie hat auf die Brust des Gatten gezielt, aber durch den Schuss wurde sie nach hinten gerissen und hat den Hals getroffen, Kinn und Gesicht. Deshalb schien der Schuss so unpräzise. Brigadiere, Zenobi hätte ihn mit einem Blattschuss erledigt, aus der Ferne. Und er hätte sein eigenes Gewehr benutzt, nicht das des Opfers. Ein Mann kennt sein Gewehr wie seinen Hund. Zenobi hätte niemals mit einer fremden Waffe geschossen: Ist das so schwer zu begreifen?«

»Das ist ein schwerer Vorwurf. Da reicht ein anonymer Brief nicht aus. Wenn ich tue, was Sie von mir verlangen, dann Ade, du schöne Heimat, dann schicken sie mich bis zur Pensionierung Gott weiß wohin. Meine Tage hier sind nämlich gezählt, der neue Kommandeur trifft bald ein.«

»Ein Grund mehr, sich anzustrengen. Sich einen glanzvollen Abgang zu verschaffen. Wer weiß, wenn Ihr gute Arbeit leistet, werdet Ihr vielleicht sogar noch befördert. Donna Dolores hatte Gelegenheit und Mittel, Brigadiere. Den Verwalter von Galtellì hat sie benutzt, um den Photographen auszuschalten, dann hat sie ihm die Reise nach Amerika bezahlt. Alles ohne Wissen des Ehemanns.«

»Ja, aber die Sache mit den Lämmern ...«

»Ach, das war Routine. Für eine Frau ihres Kalibers war es doch ein Kinderspiel, dem Ehemann klarzumachen, dass auf diese Weise am einfachsten zu verhindern war, dass Sisinnia den Falschen heiratete. Donna Dolores ist habgierig. Ihre größte Sorge war, dass sich das Vermögen vor ihren Augen auflösen könnte. Schließlich musste sie befürchten, dass der Schwager rechtzeitig heiraten könnte, um sich seinen Anteil an dem Land zu sichern.«

»Na gut, gehen wir einmal davon aus. Was hat sie eigentlich erreicht? Das Risiko, dass der Schwager heiratet, besteht nach wie vor.«

»Gewiss, aber nun kommt sie selbst als Kandidatin in Frage. Sie ist eine schöne Frau, wunderschön sogar. Es würde mich gar nicht überraschen, wenn sie schon lange Bartolomeos Geliebte wäre.«

»Das würde ich ausschließen. Ihr Verhältnis scheint nicht das beste zu sein.«

»Nach außen hin, Brigadiere, nach außen hin! Aber betrachten Sie die Sache doch mal von der anderen Seite: Finden Sie es etwa angemessen, ausgerechnet bei der Abreise von der vielbesuchten Novene der Madonna delle Grazie über Vermögensfragen zu sprechen?«

»Nein, angemessen bestimmt nicht. Aber das ist doch bekannt, dass Frauen sich fast nie angemessen verhalten.«

»Diese Frau schon, Brigadiere. Versetzen Sie sich doch mal in ihre Lage: Der dreißigste Geburtstag des Schwagers steht kurz bevor, die Kurie hat großen Einfluss auf ihn. Was läge da näher als eine von den Priestern arrangierte Heirat? Sie hat also keine Zeit zu verlieren. Sie braucht einen Sündenbock. Zenobi ist perfekt. Perfekt! Dann ist er auch noch untergetaucht und von da an ergab sich alles wie von selbst. Eine einmalige Gelegenheit. Sie konnte in Ruhe abwarten, bis Zenobi verurteilt wurde, einerlei ob zu einer Geldstrafe oder zu Gefängnis, um dann die Ermordung des Gatten als Zenobis Vergeltungstat hinzustellen. Dass Zenobi untergetaucht ist, hat die Dinge schlicht erleichtert. Ermittlungen abgeschlossen. Schuldiger gefunden.«

»Das wird schwierig, Avvocato. Schwer zu beweisen.«

»So schwer nun auch wieder nicht, wenn wir es richtig anstellen … Die beiden sind wie Kolosse auf tönernen Füßen. Solange wir keinen Vorwand haben, kommen wir nicht an sie heran, aber ein Nichts genügt, damit alles zusammenbricht. Sie werden sich gegenseitig beschuldigen, Brigadiere …«

»Und da haben Sie sich gedacht, ein Vorwand

müsste sich doch finden lassen«, bemerkte der Brigadiere und warf einen Blick auf den anonymen Brief.

Bustianu breitete die Arme aus. »Wenn an der Sache nichts dran ist, kann er kein Unheil anrichten.«

Man musste die Sache nur richtig anpacken. Und mit Umsicht vorgehen. Brigadiere Poli würde sich *Donna* Dolores vornehmen. Er sollte sie um eine Unterredung bitten und von dem anonymen Brief in Kenntnis setzen. Ohne direkte Anschuldigungen zu erheben, sollte er bei ihr auf den Busch klopfen.

Was den Rest betraf, so brauchte man nur abzuwarten. Allerdings musste man alle Eventualitäten einkalkulieren. Wenn meine Vermutung stimmte, stand für die Kurie das Klosterland auf dem Spiel. Wenn *Donna* Dolores' Einfluss auf den Schwager so groß war, wie ich dachte, liefen die Priester Gefahr, eine nicht zu verachtende Geldquelle zu verlieren. Also musste man bei den Priestern ansetzen. Um die Priester und Bartolomeo Casùla Pes würde ich mich kümmern.

Bustianus Kirchenbesuch ging in die Annalen ein. Denn wie er über die Priester und die Kirche im Allgemeinen dachte, war bekannt … aber lassen wir das, er war ein verlorenes Schaf, antiklerikal bis ins Mark, soviel steht fest, ein hochanständiger

Mensch, das wiederhole ich und dabei bleibe ich, aber doch eher einer, der das Weihwasser … nun gut, wir haben uns verstanden.

Seelenruhig, als wäre er an diesem Ort, der nach Wachskerzen und Weihrauch roch, zu Hause, erschien er in der Kurie und gab vor, in Rechtsgeschäften einige Dokumente im Taufregister einsehen zu müssen. Bei seinem Anblick traf den Erzpriester Don Podda fast der Schlag.

»Freut Euch nur nicht zu früh! Der Grund meines Kommens ist bürokratischer Natur«, sagte Bustianu und breitete die Arme aus wie ein Schmierenkomödiant, der sein Publikum begrüßt.

Fast mitleidig schüttelte der Erzpriester den Kopf. »Alles ist möglich, Avvocato, manch einer kommt aus ›bürokratischen Gründen‹ und endet als Messdiener.«

Bustianu musste lachen. »Stimmt«, sagte er, »manchmal nehmen die Dinge eine unvorhergesehene Wendung, nicht wahr?«

»So wie Ihr das sagt, Avvocato, geht in Eurem Fall eher ein Kamel durch ein Nadelöhr«, entgegnete der Erzpriester zögerlich.

»Ihr seid zu schlau für mich, Don Podda«, gestand Bustianu ein. »Euch kann ich nicht das Wasser reichen. Und außerdem habt Ihr bestimmt Wichtigeres zu tun, als einem Sünder nachzustellen, auf den das Fegefeuer wartet.«

»Wenn es Gottes Wille ist, Avvocato, dann kann niemand etwas daran ändern, weder Ihr noch ich.

Was genau benötigt Ihr?« erkundigte sich Don Podda vorsichtig, der zu Bustianu aufsehen musste, weil der ihn um zwei Handbreit überragte.

»Ach, es handelt sich um einen Gefallen für einen Freund, der ein Stück Land erwerben will und dafür die Unterlagen zusammentragen muss … Sicher werdet Ihr meine Zurückhaltung verstehen, das Geschäft ist absolut vertraulich. Wer hätte das gedacht … Ausgerechnet dieses Grundstück steht zum Verkauf …«

Der Erzpriester sah Bustianu mit einem seltsamen Leuchten in den Augen an. »Ein Grundstück«, sagte er mehr zu sich selbst als zu Bustianu.

»Ich habe mein Wort gegeben, zwingt mich nicht zu reden«, bedauerte Bustianu. »Ich kann Euch nur sagen, dass das Angebot gut ist, wirklich gut. Für dieses Grundstück, na ja … Aber die Verhandlungen sind vertraulich, nur deshalb habe ich mich bereit erklärt, die Unterlagen zusammenzutragen, versteht Ihr, denn eigentlich ist das nicht mein Gebiet. Ich bin Strafrechtler. Na, aber ich sage Euch ja bestimmt nichts Neues … Ihr wisst sicher besser Bescheid als ich … Weil sonst …«

»Sonst?« Der Erzpriester hing an seinen Lippen.

»Ach, lassen wir das, Ihr werdet ja nicht ausgerechnet mich einweihen! Schaut mich nicht so an. Ich bin für meine Diskretion bekannt. Ich mache Euch gegenüber nur Andeutungen, weil ich sicher bin, dass man Euch informiert hat …«

Der Erzpriester wurde langsam nervös. »Gewiss, gewiss …«, stammelte er. »Ich glaube, ich weiß, wovon Ihr sprecht.« Aber er wusste nichts. Don Podda fuhr mit dem Zeigefinger in den steifen Kragen, als wäre dieser ihm zu eng geworden.

»So findet eine schlimme Geschichte wenigstens ein gutes Ende … Mehr sage ich nicht … So eine Heirat regelt alles, die Familie verfügt wieder über das Grundstück; und wenn man sich über den Preis einig wird, dann verdienen sie auch einen hübschen Batzen Geld dabei, das sage ich Euch im Vertrauen … Jedenfalls, Vertrauen gegen Vertrauen, unter uns gesagt habe ich gehört, dass dabei auch für die Kurie – also für Euch – eine großzügige Summe herausspringt … Wo Ihr Euch doch so lange um das Grundstück gekümmert habt … Habe ich mich klar ausgedrückt? Mehr kann ich nun wirklich nicht sagen …«

Der Erzpriester taumelte. Er suchte nach einem Halt, er rang nach Luft. »Das Klosterland?« keuchte er.

Bustianu ließ ein paar Sekunden verstreichen, bevor er durch ein Heben der Augenbraue bejahte.

Der Köder war ausgeworfen. Nun musste man nur noch warten, dass sie anbissen.

Es dauerte nicht allzu lange.

Ich war an meinem Lieblingsplatz, oben auf dem Hügel von Sant'Onofrio, einer kahlen Terrasse, von der aus man zum Osthang von Badde Manna hin sah. Die schwache Frühlingssonne verbreitete einen rötlichen Schimmer. Ich nahm auf meinem Felsen Platz, einem Sitz aus Granit, den der Wind für mich zugehauen hatte. Ich legte die Hände auf den Stockknauf, stützte das Kinn darauf und schaute. Ein Habicht suchte das Gelände nach Hasen und Feldmäusen ab. Tief stehende Wolken malten düstere Flecken in das milchig-trübe Licht des frühen Nachmittags. Das saftige Grün im Tal wirkte, als würde es jeden Augenblick lautlos explodieren:

Still verströmt die Erde
Ihre große Seele

Sie ist grün. Eine große grüne Seele, die sich im graurosa Granit einen Weg bahnt. O ja, das sind Balleros Farben. In der Ferne, jenseits des verschneiten Kamms der Dolomiten von Oliena, sah man jetzt das Meer, die unterbrochene Linie des Horizonts. Auf den türkisblauen Golf von Orosei senkte sich aschgrauer Dunst.

Da hörte ich ein Geräusch.

Hinter mir stand ein junger Bursche, unbeweglich wie ein Wacholderstrauch, und wartete, dass ich aus meinen Gedanken auftauchte. Ich drehte mich um. Ein junger Mann von kleinem Wuchs. Unterarme und Kiefer waren über und über mit dunklem Haar bedeckt.

»Sagt«, begann der Faun. »Seid Ihr der Avvocato?«

»So ist es«, lautete meine Antwort.

»Es gibt da jemanden, der ein paar Worte mit Euch wechseln möchte. Wenn es Euch nichts ausmacht, folgt mir.« Obwohl er schon über zwanzig war, hatte er die Stimme eines Heranwachsenden.

»Und wer ist dieser Jemand?« fragte ich.

»Eine hoch gestellte Persönlichkeit, Avvocato! Kommt Ihr nun?«

Darauf hatte ich seit einer Woche gewartet. Ich nickte. Das Männlein zögerte keine Sekunde. Noch bevor ich aufgestanden war, machte er sich an den Abstieg, mir immer ein paar Schritt voraus.

Als wir an der Kaserne der Carabinieri vorbeikamen, sah ich mich um. Vor dem Eingang lungerte ein Wachposten herum.

Ohne meinen Begleiter aus den Augen zu lassen, ging ich auf den Carabiniere zu. »Ist Brigadiere Poli da?« fragte ich, wobei ich aus den Augenwinkeln das Männlein fixierte, das jedoch ohne mit der Wimper zu zucken wartete, bis ich fertig wurde.

Der Wachposten nickte, ja, der Brigadiere sei da. »Ich habe eine äußerst wichtige Nachricht für ihn: Jetzt ist der Augenblick gekommen, einen gewissen Besuch abzustatten … Das ist alles, er wird schon verstehen«, schloss ich, während der Wachposten mich anblickte, als wäre ich übergeschnappt.

Ich kehrte zu meinem Faun zurück. »Macht Ihr Euch etwa Sorgen?« fragte er mich amüsiert.

»Man kann nie wissen«, antwortete ich wie einer, der mit allen Wassern gewaschen war. »Besser, man geht auf Nummer sicher.«

Wir gingen weiter. Der Mann kicherte in sich hinein.

»Wohin gehen wir eigentlich?« fragte ich irgendwann verärgert.

»Wir sind da«, antwortete er und steuerte auf die Kathedrale zu.

»Wir sind da, sagt mir gar nichts: Ich will wissen, wer mich sprechen will und wo!« platzte ich heraus. Ich gab mir Mühe, nicht besorgt oder gar ängstlich zu wirken, ich wollte lediglich den angemessenen Ärger über soviel Heimlichtuerei durchklingen lassen.

»Nur keine Bange. Kanonikus Podda hat nach Euch geschickt«, murmelte mein Begleiter, während er auf das Priesterseminar zuging. Dann trat er zur Seite und ließ mir den Vortritt. Er selbst blieb in der Tür stehen, im hellen Tageslicht, fast als wollte er mir den Fluchtweg versperren.

Der Geistliche trat aus einer Seitentür der weiträumigen Eingangshalle. »Hier entlang«, sagte er. In seiner abgewetzten, schwarz glänzenden Soutane, die seinen kräftigen Körperbau betonte, sah er aus wie ein alter Seehund. »Verzeiht die Umstände«, presste er hervor, wobei er auf einen Korridor deutete, der im Halbdunkel lag und so eng war, dass es unmöglich gewesen wäre, darin die Arme auszubreiten. »Aber die Person, mit der ich Euch zusammenbringen soll, hat absolute Diskretion verlangt.«

»Das wird ja immer mysteriöser …«, kommentierte ich.

»Keineswegs«, wehrte der Geistliche ab. »Es handelt sich nur um eine Klärung.« Er wirkte betrübt und triumphierend zugleich, wie ein Kind, das versprochen hat, ein Geheimnis für sich zu behalten, sich aber nicht zurückhalten kann.

Der enge Korridor endete in einem niedrigen Bogen, an den sich ein kleiner Raum anschloss. Zwei geschlossene Türen, eine rechts, eine links.

»Noch einen Augenblick Geduld«, bat der Priester, während er an die rechte Tür klopfte. Bevor er eintrat, drehte er sich ein letztes Mal zu mir um. »Einen Augenblick«, wiederholte er. Dann war er verschwunden …

Als Brigadiere Poli bei ihr vorsprach, hatte Donna Dolores versucht, sich verleugnen zu lassen. Sie gab erst nach, als ihr klar wurde, dass der Carabiniere sich nicht abwimmeln lassen würde. Keineswegs drohend, sondern mit großem Bedauern teilte Poli der Magd mit, wenn Donna Dolores ihn nicht empfange, sei er gezwungen, sie in die Kaserne zu bestellen. Sie werde sicher einsehen, dass die Angelegenheit dadurch für alle Beteiligten noch peinlicher würde. Die Frau wiederholte immerzu, die Herrin sei mit den Kräften am Ende, nicht wiederzuerkennen, nach allem, was ihrer Familie zugestoßen sei … Das könne er gut verstehen, erwiderte der Brigadiere laut und deutlich, damit Donna Dolores ihn auch ja höre, selbstverständlich verstehe er das, doch wenn Anzeigen vorlägen, müsse man diesen nun einmal nachgehen. So kam Donna Dolores schließlich aus ihrem Zimmer. Schön wie eine Statue. Schwarz wie eine mondlose Nacht: aus Gesichtszügen, Augen und Händen sprach Entschlossenheit …

Um mich herum war alles still. Totenstill. Fast als wäre ich ganz unten gelandet, am Mittelpunkt der Erde. Ich sah mich um, der Raum war so eng, dass mir die Luft knapp wurde. Als ich schon fortgehen wollte, tauchte Don Podda wieder auf und machte mir Zeichen, ihm zu folgen.

Das Zimmer, in das er mich führte, war unerwartet geräumig. Es lag in Halbdunkel und war prachtvoll mit massiven Möbeln eingerichtet. In dem großen, offenen Kamin brannte ein Feuer. Davor zeichnete sich die Silhouette von Don Bartolomeo Casùla Pes ab. Aus der Nähe wirkte er größer und schlanker. Er war schlicht gekleidet, die Barchentjacke schimmerte violett. »Verzeiht bitte die Umstände«, sagte er, ohne sich umzudrehen. »Aber die strenge Trauer zwingt mich zu absoluter Diskretion. Ihr werdet das verstehen. Ihr seid ein Mann von Welt.« Seine Stimme war warm, ohne Spott.

»Ich verstehe sehr gut«, entgegnete ich nur.

»Der Kanonikus hat mir umgehend mitgeteilt, Ihr hättet Informationen, die mich betreffen. Vielmehr meine Familie«, korrigierte er sich. Er sprach immer noch zum Feuer gewandt.

Ich drehte mich nach dem Priester um. Er hatte sich in einen Sessel sinken lassen und versuchte, sich unsichtbar zu machen. »Der Kanonikus hat das bestimmt missverstanden«, wich ich aus.

»Keine Ablenkungsmanöver, Avvocato, wir wollen doch offen miteinander sein!« Diesmal sah sich Bartolomeo Casùla Pes genötigt, sich umzudrehen. Sein breites Gesicht war bleich und bartlos. Die beginnende Glatze verlängerte seine Stirn und betonte die rabenschwarzen Augenbrauen.

»Darf ich mich setzen?« fragte ich, ohne mich an jemand bestimmten zu wenden.

Bartolomeo bejahte mit einem Schlag seiner bläulichen Lider. »Wie ich höre, hat man Euch beauftragt, ein gewisses Grundstück zu erwerben, das sich im Besitz meiner Familie befindet«, fuhr er außerordentlich gelassen fort. »Das hat mich einigermaßen überrascht, wo doch das Grundstück gar nicht zum Verkauf steht.«

Don Podda brummte zufrieden.

Ich versuchte ebenfalls zu lächeln. »Mein ›Klient‹ ist absolut vertrauenswürdig«, sagte ich nachdrücklich. »Wenn er mir diesen Auftrag erteilt, wird er schon wissen, warum. Vielleicht hat jemand aus Eurer Familie die Absicht, wie soll ich sagen, verschiedene Möglichkeiten in Betracht zu ziehen. Wir reden hier über ein Grundstück, dessen Wert von Jahr zu Jahr steigt, der Ort wächst, entwickelt sich ...« Don Podda bemühte sich nach Kräften, aus dem Sessel aufzutauchen, in den er sich hatte sinken lassen. Keuchend trat er zwischen mich und Bartolomeo. »Sag's ihm!« befahl er. Soso, man war per Du.

Bartolomeo zögerte, sein Blick durchbohrte mich. »Ihr könnt Eurem ›Klienten‹ sagen, dass sich an der Bestimmung des Grundstücks nichts geändert hat«, tönte er mit voller Stimme, aber immer noch zögerlich.

»Gut«, sagte ich nur. »Ich werde es ausrichten. Allerdings war die Sache so gut wie abgemacht ...

Aber wenn Ihr jetzt sagt, dass Ihr Eure Meinung geändert habt, muss ich das wohl zur Kenntnis nehmen.«

»Zur Kenntnis nehmen!« echote Don Podda und nickte energisch.

»Würdet Ihr es für unhöflich halten«, fragte Bartolomeo, wobei er nach den richtigen Worten suchte, die irgendwo in seinem Kopf herumschwirrten, »wenn ich Euch um Aufklärung bäte über diesen, wie soll ich sagen, offensichtlichen Trugschluss, für den niemand Euch direkt verantwortlich macht?«

»Ganz und gar nicht«, erwiderte ich. Ich hatte mir vorgenommen, bei meinen Antworten lakonisch und zurückhaltend zu bleiben.

»Ich vermute«, fuhr er fort, »dass es sinnlos ist, Euch direkt nach der Quelle zu fragen …«

»Da vermutet Ihr recht«, unterbrach ich ihn. »Ich kann Euch nur sagen, dass es sich um eine zuverlässige Quelle handelt, höchst zuverlässig sogar«, legte ich nach. Um seine Reaktion besser auskosten zu können, machte ich einen Schritt auf ihn zu.

Mehrmals hatte Don Podda schon Anlauf genommen, etwas zu sagen, doch jedes Mal machte er einen Rückzieher.

Bartolomeo biss sich auf die Unterlippe. »Nach dem Tod meines Bruders«, begann er, »sind Dinge geschehen, die mich zum Handeln zwingen. Ich würde es lieber nicht tun, Avvocato, denn Ihr seid mir als korrekter Mensch bekannt, als jemand, der niemals einen Verbrecher verteidigen würde. Ihr wisst doch, wie das hierzulande läuft: Da taucht ein Gerücht auf, das sich nicht nachprüfen lässt, und schon ergreifen die Leute die Initiative. Wir wollen in Frieden gelassen werden, Avvocato; wir haben einen Toten zu beklagen. Ein unermesslicher Verlust. Warum wollt Ihr eine klare Angelegenheit kompliziert machen? Dieser Junge hat sich selbst gerichtet. Wenn er nichts getan hätte, dann hätte er keinen Grund gehabt, sich der Justiz zu entziehen.«

Don Podda nickte energisch.

»So einfach ist das nicht«, antwortete ich nach kurzem Nachdenken. Ich wollte herausfinden, was Bartolomeo mit dieser Unterredung bezweckte. Wollte er nur seine Unschuld beteuern, oder wollte er ein Friedensangebot machen? »Es gibt Beweise, dass Zenobi Sanna in der Nacht des 28. Dezember, als das Vieh gestohlen wurde, gar nicht in Nùoro war.«

»Beweise?« fragte Bartolomeo ungerührt.

»Eine Photographie«, sagte ich mit Nachdruck und stand auf. »Eine Photographie, die ein ambulanter Photograph in Galtellì gemacht hat.«

»Der, der ermordet wurde.«

»Wie ich sehe, seid Ihr im Bilde.«

»Hinlänglich.«

»Dann ist Euch auch klar, dass alles in neuem Licht erscheint, wenn die erste Anklage fällt.«

»Gar nichts erscheint in neuem Licht! Nicht das Geringste! Dieser Verbrecher soll für den Rest seiner Tage hinter Gitter! Andernfalls …«

»Andernfalls?«

»Noch sind wir wer, Avvocato!« Bartolomeos

Stimme überschlug sich fast. Seine Hände zitterten.

»Soll das eine Drohung sein?«

»Aber nicht doch, Avvocato.« In dem versöhnlichsten Tonfall, der ihm zur Verfügung stand, versuchte Don Podda, die Sache herunterzuspielen. »Man sollte die Dinge auf sich beruhen lassen, das wollte er sagen …«

»Ich weiß sehr gut, was ich sagen wollte«, herrschte Bartolomeo ihn wutentbrannt an. »Wer im Schlamm wühlt, macht sich die Hände schmutzig, das weiß auch der Avvocato. Ehrbare Leute mit Dreck bewerfen …« murmelte er vor sich hin …

Ihr werdet verstehen, sagte Brigadiere Poli gerade zu Donna Dolores, dass ich gewisse Pflichten habe, denen ich mich nicht entziehen kann, wie unangenehm sie auch sein mögen. Tja, sagte er, bei so einer Anzeige, da wollte ich Euch doch lieber Bescheid sagen, in bester Absicht, versteht sich.

Donna Dolores begnügte sich mit einem kurzen Blick auf den Brief und legte ihn dann schnell wieder auf den Tisch, als könnte sie sich daran die Finger verbrennen. Die Menschen sind boshaft und neidisch, sagte sie nach einer Weile, mehr nicht.

Jedenfalls bin ich sicher, dass es Euch nicht schwer fallen wird, die Haltlosigkeit dieses »Trugschlusses« zu beweisen, sagte Brigadiere Poli. Angewidert verzog Donna Dolores den Mund: Ich muss gar nichts beweisen, entgegnete sie.

Brigadiere Poli nickte, da habe sie Recht, allerdings mache ihr Schweigen die Dinge nicht einfacher. Jedenfalls müsse man die Anzeige zu den Akten nehmen, und womöglich würde Sannas Verteidiger sie als Vorwand benutzen, um die ganze Geschichte in Zweifel zu ziehen.

Donna Dolores atmete heftiger: Was für Zweifel, keuchte sie.

Es könnten sich ganz neue Perspektiven auftun, erklärte der Brigadiere, man weiß doch, wie das vor Gericht läuft.

Donna Dolores sagte, es gebe keinerlei Zweifel, nicht die Spur eines Zweifels. An jenem Nachmittag habe sie das Haus nicht verlassen.

Gut, lächelte Brigadiere Poli, dann gibt es kein Problem. Auf Befragen antwortet Ihr, dass Ihr an jenem Nachmittag nicht in Marreri wart.

So ist es, bestätigte Donna Dolores.

Im Priesterseminar war das Schweigen unerträglich geworden. Don Podda blickte zu Bustianu, der keinerlei Anstalten machte zu gehen, sondern reglos auf der Stelle verharrte, als wartete er darauf, dass etwas passierte.

»Mehr gibt es nicht zu sagen«, verabschiedete ihn Bartolomeo Casùla Pes. »Sagt Eurem Informanten, diesmal hat er danebengelegen.«

Bustianu rührte sich nicht, »Da wäre noch etwas.« Seine Stimme klang wie das Flüstern eines Sterbenden. »Doch darüber muss ich mit Euch unter vier Augen sprechen, Don Bartolomeo«, fügte er hinzu, wobei er den Blick zu Kanonikus Podda wandern ließ, dem der Schweiß ausbrach. Mit einem schneeweißen Taschentuch tupfte er sich die Stirn.

Bartolomeo seufzte tief, dann gab er dem Priester einen kurzen Wink. Dieser erhob sich mühsam, warf Bustianu einen angsterfüllten, wütenden Blick zu und verließ das Zimmer.

»Ich komme gleich zur Sache. Als praktisch veranlagter Mensch werdet Ihr mir meine Offenheit verzeihen, aber von dem, was ich Euch jetzt mitteile, hängt ein Menschenleben ab, das mir anvertraut wurde.«

Mit Daumen und Zeigefinger der rechten Hand knetete Bartolomeo sich das Kinn.

»Ich höre«, sagte er.

»Ihr seid gesehen worden«, begann Bustianu. »In Marreri, wenige Minuten nach dem Tod Eures Bruders. Diese Information wird von der zuständigen Behörde zurückgehalten. Ich selbst begehe einen Verstoß, wenn ich Euch davon erzähle. Deshalb habe ich um eine Unterredung ohne Zeugen gebeten.«

Bartolomeo schloss langsam die Augen. »Wer?« fragte er.

»Das tut nichts zur Sache. Es ist nur eine Frage der Zeit. Also habe ich mir gesagt, falls Ihr eine Erklärung für Eure Anwesenheit in Marreri habt, dann würdet Ihr sie – wenn auch inoffiziell – lieber mir geben als der zuständigen Behörde bei einem Verhör in der Kaserne.«

»Und warum Euch? Wenn die Frage gestattet ist.« Bartolomeos Stimme wurde immer matter.

»Weil ich der Einzige bin, der Euch helfen kann. Und weil ich Euch nicht für einen Mörder halte.«

Bartolomeo Casùla Pes taumelte. »Es konnte nicht gut gehen. Ich halte das nicht durch. Wisst Ihr, was es heißt, eine Frau mehr zu lieben als das eigene Leben?« sagte er plötzlich und suchte nach einer Sitzgelegenheit. »Wisst Ihr das?« fragte er noch einmal, während er sich in den Sessel sinken ließ, in dem kurz zuvor Don Podda gesessen hatte. Ohne eine Antwort abzuwarten, fuhr er fort. »Ich, ich habe es am eigenen Leib erfahren. Ich habe sie so sehr begehrt, dass ich mich jeden Tag selbst verflucht habe. Ich werde Euch etwas verraten, das ich nicht einmal in der Beichte gesagt habe: Manchmal habe ich gehofft, Cosma würde sterben … Und als er dann starb, war das für mich wie eine wunderbare Befreiung. Genauso habe ich es empfunden, mein Gott!« rief er aus und schlug die Hände vors Gesicht.

»Lasst das, Ihr müsst alles sagen. Um Eurer selbst willen, damit Ihr Frieden findet! An jenem Nachmittag …«

Gewiss, wenn Ihr jemanden nennen würdet, der den Sachverhalt bestätigen kann, schlug Brigadiere Poli vor.

Was bestätigen? Donna Dolores war empört.

Dass Ihr an dem fraglichen Nachmittag zu Hause wart, präzisierte Brigadiere Poli. Wenn ich zum Beispiel Eure Magd um Bestätigung bitten würde? Sie kann Euch keine geben, unterbrach ihn Donna Dolores, an diesem Dienstag musste sie einen Neffen pflegen.

Ihr habt ein gutes Gedächtnis, bemerkte Brigadiere Poli.

Da sagte Donna Dolores: Diesen Nachmittag werde ich wohl kaum vergessen.

Natürlich, manchmal mache ich dumme Bemerkungen, aber Ihr wisst ja, wie das ist, oft rutschen einem gerade die Dummheiten heraus …

Bartolomeo nickte. »Ich bin in Marreri gewesen, aber als ich ankam, war es schon zu spät. Alles war schon geschehen. Cosma war tot. Dolores stand wenige Meter von der Leiche entfernt. Wir hörten Schritte, die Schüsse hatten Sisinnia angelockt. Dolores war wie von Sinnen, ich hatte Mühe, sie in Deckung zu bringen. Sie redete wirres Zeug, sagte, sie habe es für uns getan, versteht Ihr? Für uns beide! Wo sie mich doch zum Wahnsinn getrieben hat! Cosma habe ihr gedroht. Er habe die Sache mit Zenobi und den Lämmern herausgefunden; außer sich vor Zorn sei er gewesen, weil er Zenobi wie einen Sohn liebte. Er habe ihr sogar gedroht, sie dorthin zurückzuschicken, wo er sie hergeholt hatte, zurück in die Armut. Wenn wir uns nicht beeilten, sagte sie, würde das Klosterland als Teil von Sisinnias Mitgift enden. So war Cosma nun einmal, Avvocato. Er hatte keinen Sinn für die Dinge, für ihn war alles entweder schwarz oder weiß, schön oder häßlich. Ich weiß nicht, was genau geschehen ist, ich weiß nur, dass sie das Gewehr genommen und geschossen hat … Was hätten wir denn tun sollen?«

»Ich weiß es nicht, aber ich weiß, was Ihr jetzt tun solltet. Da ist ein Unschuldiger, der für Euch büßt … Und während wir uns hier unterhalten, spricht Donna Dolores mit Brigadiere Poli …«

Mein Vater beschrieb die Verhaftung als etwas Unerhörtes. So verblüfft war er nicht einmal, als er erfuhr, dass die Astronauten auf dem Mond spazierengegangen waren, allerdings war er Neunzehnhundertneunundsechzig auch schon neunzig, Friede seiner Seele. Die Welt stand Kopf: Die Reichen endeten auf der Anklagebank und ein armer Teufel kam zu seinem Recht.

Don Bartolomeo bekam zwölf Jahre, Donna Dolores wurde zu dreißig verurteilt.

Sisinnia verzichtete auf ihr Erbe. Als sie fortging, nahm sie nur die Kleider mit, die sie am Leib trug. Nicht einmal Nadel und Faden nahm sie von zu Hause mit. Als Zenobi und Sisinnia heirateten, flehten sie Bustianu wie einen Heiligen an, ihr Trauzeuge zu werden, doch er wollte davon nichts wissen: Das sollten sie sich aus dem Kopf schlagen; er wünsche ihnen alles Glück der Welt, das könnten sie genauso gut ohne ihn; man müsse jetzt ein neues Kapitel aufschlagen; er habe nur seine Pflicht getan; das fehlte noch, die Lebenden heilig zu sprechen.

So war Bustianu nun mal. Wie umgänglich er auch sein konnte, er liebte doch die Einsamkeit und wurde der Geselligkeit rasch überdrüssig. Er verzichtete eben nicht gern auf seine Gewohnheiten. So sah man ihn ausgerechnet an dem Nachmittag des Hochzeitsempfangs zu Fuß nach Sant'Onofrio gehen! Er machte seinen *Sempre caro.*

Wieder ist es Sommer.

Wieder sitze ich hier auf meinem Hügel. Von hier oben ist alles Sanftheit und Schmerz. Alles kehrt zurück zu unbarmherziger Klarheit. Und all die Schönheit schlägt Wunden, betäubt mich, überwältigt mich fast. Unmöglich, diese Unermesslichkeit in Worte zu fassen: Übermacht gegen Winzigkeit. Erhabenheit, die bis ins Innerste aufwühlt. Raum, nichts als Raum, soweit das Auge reicht. Selbst mein massiger Körper wird klein in diesem gewaltigen Raum. Blaues Tal, einzig wahre Gottheit, vor der man auf die Knie fallen muss. Wäre ich kein Mann, würde ich weinen. Doch manchmal tue ich es, gerade weil ich ein Mann bin. Ich atme tief ein, und mir ist, als strömte eine Flut von Farben – Blau, Wellen von Grün, gewundenes Gelb – in mich ein und verdichtete sich zu Versen. Bei der leisen Berührung der Farben erbeben die Lippen und formen sich zu Wörtern, die wie Seufzer klingen. Qual und Freude ist mir dieses Land, verlockend und abstoßend zugleich. Ich verfluche es, verfluche es und verehre es doch. Grausame Frau, besitzergreifende Mutter, fordernde Geliebte. Unfruchtbar und zerzaust, aufs Meer geworfen wie eine Hure aufs Bett. Im Wasser treibend wie ein herrenloses Schiff. Ein Land wie das Meer. Wie smaragdklares, goldflimmerndes

Meer. Endlos wie die offene See, die ins Irgendwo führt, wer weiß wohin. Vom Meer wie von einer liebevollen Mutter gewiegtes Land, fast merkt man es kaum und doch, die Landschaft stampft im Hitzeglast. Auf meinem Felssitz ist mir, als wäre ich auf dem Vordeck dieses Schiffes festgebunden, im tobenden Orkan. Mein Oberkörper wiegt sich in diesem Auf und Ab, wie ein Wahnsinniger, der, von der weißen Gischt hypnotisiert, sich in die volle Leere stürzen will. Um vom Nichts der Farben getragen zu werden, um jener vagen Stabilität zu entfliehen und sich den Fluten zu überlassen … *und süß ist mir der Schiffbruch …*